AU CŒUR DES FORÊTS

Christian Signol est né dans le Quercy. Son premier roman a été publié en 1984, et son succès n'a cessé de croître depuis. Il est l'auteur, entre autres, des *Cailloux bleus*, de *La Rivière Espérance*, des *Vignes de Sainte-Colombe*, des *Noëls blancs* ou encore d'*Une si belle école*. Récompensée par de nombreux prix littéraires, son œuvre a été adaptée à plusieurs reprises à l'écran.

CHRISTIAN SIGNOL

Au cœur des forêts

ROMAN

ALBIN MICHEL

© Éditions Albin Michel, 2011.
ISBN : 978-2-253-17569-8 – 1re publication LGF

À Baptiste, né en 2010.

« Ce dont on te prive, c'est de vents, de pluies, de neiges, de soleils, de montagnes, de fleuves, et de forêts : les vraies richesses de l'homme. »

Jean GIONO,
Les Vraies Richesses.

PREMIÈRE PARTIE

1

Je n'avais pas cinq ans le jour où j'ai entendu pour la première fois mon père parler aux arbres. Ce devait être à la fin de l'été, quand la forêt se couvre de ses couleurs les plus chaudes, de l'or au brun, de la rouille au vermillon, qui sont ses ordinaires parures d'avant l'hiver.

L'orage arrivait et les grands feuillus se balançaient en gémissant, comme pour appeler l'homme à leur secours. Leur houle formidable me déportait sur le chemin qui sinuait entre les fougères, me poussant aux épaules, me projetant d'un côté et de l'autre, comme sous la poigne terrible de l'ogre aux bottes de sept lieues. Je sentais sa présence dans mon dos et j'avançais de toutes les forces de mes petites jambes en me demandant si je n'allais pas être emporté loin des miens pour toujours. La nuit tombait, traînée par des nuages au ventre d'ardoise, mais au lieu de se hâter vers notre maison, mon père s'était arrêté sous le couvert d'un hêtre gigantesque, il avait pris ma main et avait dit :

— N'aie pas peur, Bastien. L'orage ne passera pas par ici, mais un peu plus haut. Écoute !

Je m'étais senti submergé par un bruit de houle énorme, un grand remuement de branches et de feuilles et, malgré moi, j'avais enserré les jambes de mon père entre mes bras d'enfant, puis j'avais écouté cette voix que je n'avais jamais entendue – plus haute, plus grave que celle dont mon père usait d'ordinaire – et qui m'avait autant effrayé que les rafales folles du vent :

— Mais non, ce n'est pas pour vous, disait-elle. Vous savez bien que le couloir passe plus loin, à plus de trois kilomètres, que le vent ne descendra pas jusqu'ici. Vous ne risquez rien, ne vous inquiétez pas.

Mon père avait caressé d'une main mes cheveux, de l'autre le fût quasiment lisse du hêtre qui oscillait du fait de sa ramure malmenée par les bourrasques.

— C'est moi qui commande, avait repris la voix. Personne ne vous touchera tant que je ne l'aurai pas décidé. Vous pouvez dormir tranquilles.

Tout en m'apprenant le langage des arbres, mon père me donnait aussi ma première leçon : en forêt, en cas de tempête, si l'on n'a pas pu se mettre à l'abri à temps, il ne faut pas courir sous peine d'être heurté par une branche cassée, mais il faut au contraire s'abriter tout contre le plus gros fût que l'on trouve à portée, et ne pas bouger. Si une branche se brise, ce sera à coup sûr l'une des plus hautes et l'on sera protégé par celles d'en bas.

Combien de temps avait duré cette attente sous le hêtre ? Plus d'une heure sans doute. Une heure de tempête, de colère dont je me demandais à quel monstre mystérieux elle obéissait, et si mon père serait assez fort pour lui résister. L'orage était passé tout près, mais n'avait pas éclaté sur nos têtes, comme il l'avait prévu. Nous étions rentrés avec la nuit dans la grande maison de famille en pierres de taille, mais, peu avant d'arriver, mon père s'était arrêté en lisière d'un bois et avait murmuré :

— Écoute ! Ils rêvent.

— De quoi ? avais-je demandé.

— Patience… Quand tu seras grand.

Nous étions repartis, mon père sans hâte excessive, moi pressé d'aller me blottir entre les murs de granit où, jusqu'alors, j'avais vécu près de ma mère et de ma sœur, sans me soucier des arbres dont nous vivions depuis que mon père avait été pris de cette folle passion : acheter des parcelles de forêt, planter des pins et des épicéas sur les maigres terres à bruyère qui nous procuraient de quoi vivre, mais sans le moindre profit d'argent.

Au contraire de mon père, un colosse d'une force incroyable, ma mère était fine, fragile, craintive, brune, les yeux verts, et je ne savais pas, à ce moment-là, que cette fragilité lui venait essentiellement de la précarité de la vie qu'elle avait menée près de ses parents, petits propriétaires sans cesse menacés par une mauvaise moisson de seigle ou une insuffisante récolte de châtaignes.

Cette crainte, cette faiblesse dans un milieu aussi hostile, elle l'avait transmise à sa fille Justine – ma sœur – qui lui ressemblait trait pour trait, jusque dans les soupirs et les signes de croix esquissés à la moindre menace.

Comment mon père, cet homme si fort, si rude, avait-il pu rencontrer le regard de cette jeune fille dont la position sociale, le caractère et l'effacement auraient dû le séparer irrémédiablement ? Je ne l'ai jamais su. On ne parlait pas de ces choses-là à cette époque, mais probablement les fréquentes veillées entre gens solidaires pour des raisons de survie avaient-elles permis une rencontre qui n'aurait pas été possible ailleurs. Elle savait que les mots qu'elle lâchait chaque matin exaspéraient son époux, mais ma mère ne pouvait pas s'empêcher de les prononcer :

— Surtout, fais attention aux arbres quand ils tombent !

Il ne répondait même plus tellement il était évident pour lui que les accidents ne pouvaient pas le concerner. Et, cependant, ils étaient nombreux ces accidents et provoquaient de graves conséquences dans les familles où l'homme ne pouvait plus travailler. Car le travail dans la forêt est d'une grande violence. Il y faut de la force, de la puissance, peut-être même de la folie. Les chocs sont effrayants, les chutes imprévisibles, les dangers permanents : c'est une bataille de géants. Mais mon père était un géant ; il se croyait indestructible, et tout le monde, autour de lui, avait fini par le croire aussi. Moi le premier, qui vivais dans l'adoration de cet homme qui m'enseignait les secrets d'un monde où pénétraient seulement ceux qui étaient capables de le comprendre et de l'apprivoiser.

2

Bien des années plus tard, fidèle comme un arbre à la terre qui m'a vu naître, j'ai été incapable d'aller voir ailleurs ce que vivent les hommes. Car je sais, moi, que ce ne sont pas les hommes qui comptent, mais le monde : celui des montagnes, du ciel et des forêts – un monde qui pourrait très bien se passer d'eux. Je sais aussi qu'il a existé avant les hommes, le monde, et il est bien probable qu'il finira sans eux. Je ne crois pas qu'il faille s'en désoler : ils lui ont fait assez de tort. C'est peut-être pour cette raison qu'il se venge parfois, comme lors de cette tempête de 1999 qui a jeté par terre des milliers de feuillus et de résineux, fruits d'une grande patience anéantie en quelques heures d'une nuit devenue, hélas, mémorable.

C'est ce à quoi je pensais, ce matin de mai 2001, en observant par la fenêtre de mon bureau les deux grands cèdres qui encadrent l'entrée de ma propriété, au milieu du parc au sein duquel trône un chêne séculaire. Je n'ai pu éviter un mouvement d'agacement quand Solange – qui s'occupe de mes repas et du ménage – est apparue dans l'encadrement de la porte restée ouverte, me tirant brusquement de mes réflexions en demandant :

— Je peux m'en aller ?

— Mais oui. Si elle arrive, je me débrouillerai.

— Tout est sur la cuisinière, prêt à réchauffer.

— Oui, oui, merci.

Elle avait paru hésiter, attendu encore un instant, puis elle était sortie par la terrasse et je l'avais suivie un moment des yeux, jusqu'au chemin qui monte vers la route départementale située cent mètres plus haut. Je m'étais alors demandé quel âge avait Solange, au juste. Elle était plus jeune que Louise d'au moins cinq années. C'était une femme forte, aux cheveux blancs rassemblés en chignon, aux traits ronds, aimables, mais qui avait toujours vécu en marge du village. Les gens se méfiaient un peu d'elle, du fait qu'elle avait quelques pouvoirs et notamment qu'elle enlevait le feu. Elle avait été belle, s'était mariée avec un homme qui était mort pendant la débâcle en mai 1940, et elle avait une fille qui vivait à Clermont-Ferrand, mais qui ne revenait jamais.

J'avais compris que Solange aurait accepté de venir vivre avec moi après la mort de Louise, ma femme, mais je m'y étais refusé. C'eût été trahir celle qui avait partagé ma vie. Une conviction incompréhensible aujourd'hui à tous ceux qui se séparent pour un oui ou pour un non, même dans les campagnes, mais avec laquelle je n'ai jamais songé à transiger. C'est ainsi : la fidélité au-delà de la mort témoigne à mes yeux de la droiture et de la force. Celles des arbres comme celles des hommes. Elles seules peuvent défier ce temps qui nous conduit vers une disparition inacceptable, une défaite que l'on ne peut tolérer sans se trahir soi-même, nier une existence que, pour ma part, j'ai bâtie sans jamais plier, ni face aux hommes, ni face aux années, comme dans un mutuel défi.

Après la mort de Louise, douze ans auparavant, j'étais resté seul dans l'immense maison semblable à l'un de ces manoirs construits au dix-neuvième siècle par de riches propriétaires qui, après le long combat des héritages successifs, avaient été contraints de vendre, morcelant ainsi leur domaine. Aristide Fromenteil, mon père, s'était alors emparé des parcelles que lui seul était capable d'exploiter avec son équipe de forestiers italiens, des hommes bruns à la peau tannée, insensibles au froid et à la chaleur, que rien ne rebutait : ni le danger, ni le maniement éreintant des scies et des haches avec lesquelles on travaillait alors. Mon père avait compris le premier qu'il fallait planter des épicéas que l'on pourrait couper à soixante ans et non pas à plus de cent ans, comme les chênes. Il avait patiemment réalisé cette entreprise, m'emmenant avec lui dès que j'avais eu six ans, m'apprenant tout du mystère des chênes, des sapins, des hêtres, des charmes, des bouleaux, des douglas, des mélèzes, des pins sylvestres, tous ceux qui poussent sur ces hautes terres, à neuf cents mètres d'altitude, un pays de vent et de neige, où il faut être fort pour survivre.

Bien des années plus tard, j'avais compris et accepté que ma fille, Jeanne, ne soit jamais revenue, que Louise ait eu envie de la voir, à Paris, où Jeanne s'était mariée après de brillantes études, et qu'elle s'y soit rendue plusieurs fois, mais moi je n'ai jamais voulu quitter de mon plein gré ce haut-pays, pas même à l'occasion de la naissance de Charlotte, ma petite-fille, dont je ne me souvenais plus exactement de l'âge. Vingt-six ans ? vingt-sept ans ? Et ce matin-là, derrière la fenêtre de mon bureau, je repensais à la lettre reçue deux jours auparavant, quelques mots seulement qui disaient :

Paris, le 13 mai 2001

Bastien, je viens de vivre une grande épreuve. J'ai besoin de me reposer. Peux-tu m'accueillir quelque temps ?

Charlotte.

Sans me l'avouer, j'en avais été remué tout l'après-midi. Ma petite-fille ? Une grande épreuve ? Et moi si loin, incapable de la protéger comme je l'avais toujours fait pour les miens au temps où ils vivaient près de moi ! Mais que répondre, avec tous ces arbres par terre depuis la tempête, tout ce travail devant moi, tous ces géants renversés, ces monstres gisant dans un inextricable fouillis où l'on ne pouvait pas pénétrer ? Comment accueillir quelqu'un, fût-ce ma petite-fille, occupé que j'étais à longueur de journée dans les coupes, submergé depuis plus d'un an par le débardage de tous ces arbres abattus, ces fûts trop nombreux dont personne ne voulait, et qu'il fallait pourtant acheminer au bord des routes pour pouvoir un jour replanter ?

J'avais quand même téléphoné, j'étais tombé sur un répondeur et j'avais prononcé seulement les mots qu'il fallait – des mots dont j'avais toujours été économe, à l'image des hommes de ce pays :

Viens quand tu veux !

Depuis, malgré moi, j'attendais en me demandant à quoi pouvait ressembler cette « petite » que je n'avais pas revue depuis… la mort de Louise, sa grand-mère. Je ne me souvenais pas très bien d'elle, et d'ailleurs elle devait avoir beaucoup changé – comme Jeanne, ma fille, qui avait manifesté le désir de s'enfuir de ce plateau à dix-huit ans, étrangère et rebelle à ces forêts si rudes, si inhospitalières aux peaux tendres, aux êtres fragiles, aux douceurs d'âme. Et je n'en voulais pas davantage à ma petite-fille de n'être jamais revenue, de mener loin d'ici la même vie que sa mère. L'austérité n'est pas de mise pour une certaine jeunesse, pas davantage la solitude et l'absence de mouvement. Il faut que le corps et le cœur s'embrasent, tourbillonnent, découvrent ce qu'ils croient être la vraie vie, et qui n'en est peut-être que son reflet le moins fidèle. Mais je sais bien qu'il ne faut pas raisonner comme ça. Le dépit est le pire des châtiments. Et même si je le regrette, je sais que la vie désormais s'invente ailleurs, dans les villes et non plus dans les campagnes, et si je ne renonce pas malgré mon âge, c'est parce que la forêt est tout simplement nécessaire à la mienne. Je n'ai jamais donné de conseils à personne, je n'en veux à personne, mais je n'aurais pas supporté que l'on vienne modifier le cours d'une existence que j'ai voulue ainsi et dont j'ai été heureux, infiniment, au temps où l'on croit que le monde est né pour nous, et qu'il existe seulement pour embellir tout ce que nous approchons.

3

Oui, heureux, vraiment, entre une mère et une sœur qui m'entouraient d'une affection jamais démentie, près d'un père qui représentait la force et la sécurité, et qui savait si bien parler aux arbres :

— Écoute ! m'avait-il dit le jour où il m'avait estimé capable de comprendre. Ils rêvent d'atteindre le ciel. Ils ne pensent qu'à ça. Ils se plaignent de ne pas y parvenir.

Comment aurais-je pu demeurer insensible à tant de mystères, de secrets, d'ombres errantes ? Car elle a été habitée, mon enfance, peuplée d'êtres de légende mais aussi familiers, à l'abri de la neige de l'hiver, dans l'odeur du pain de seigle et des crêpes de blé noir. Et protégée par des cheminées immenses, des murs épais, une solidarité que l'isolement rendait indispensable, et qui allait de soi. Surtout lorsque le mur de neige atteignait plus d'un mètre et qu'il fallait ouvrir un passage jusqu'au hameau de Servières, paralysant le plateau pour des semaines, mais sans que jamais ne naisse la moindre crainte de ne pouvoir survivre.

J'avais découvert l'école à seulement six ans. Située dans le village d'Aiglemons, elle était distante de cinq kilomètres du hameau, mais c'était un enchantement que de traverser les landes de bruyères, les bosquets et les bois, où chaque branche était une caresse. Déjà j'observais les arbres dont parlait si gravement mon père, je les identifiais, les reconnaissais, me les appropriais comme un trésor dont l'existence m'avait heureusement pourvu.

Contrairement à ce que l'on peut croire, le plateau, au début des années trente, n'était pas aussi boisé qu'il l'est devenu. On y trouvait quelques feuillus : chênes, hêtres, châtaigniers, charmes, bouleaux, mais peu de résineux. Quand mon père avait compris que les résineux poussaient beaucoup plus vite que les chênes ou les hêtres et avait planté les premiers épicéas, on l'avait pris pour un fou, d'autant que l'on ne plante jamais pour soi, mais pour ses enfants, et encore pas toujours : il faut cent cinquante ans pour qu'un chêne arrive à maturité, un peu moins pour un hêtre. Aujourd'hui, on coupe un douglas à cinquante ans, un épicéa à soixante, parfois moins quand ils poussent en terrain favorable.

Les premières tentatives de plantation avaient eu lieu au début du siècle pour compenser l'absence de main-d'œuvre due à l'hécatombe de la guerre : c'était le seul moyen que l'on avait trouvé pour mettre en valeur des terres désertées ou que les survivants avaient abandonnées pour retrouver le monde qu'ils avaient découvert entre deux convois en direction du front. Ces tentatives avaient surtout concerné les pins sylvestres destinés au boisage des mines et aux poteaux de la fée Électricité. Quelques épicéas, aussi, qui servaient de sapins de Noël dans les villes lointaines.

Mon père ne se contentait pas de les planter, de les soigner, il employait également huit forestiers pour les couper et les acheminer au bord des routes. Ces hommes fréquentaient peu notre maison, car ils allaient directement des coupes à leur demeure perdue sur le plateau, portant sur l'épaule leur cognée, leur scie et leur maigre viatique de midi. Il fallait de l'autorité pour régner sur ces hommes-là, mais elle était naturelle chez mon père, aussi bien que la force et la volonté.

Il était né en 1900, s'était marié à vingt-cinq ans avec Clarisse, ma mère, et leur premier enfant, Justine, était née en 1928 : elle avait donc deux ans de plus que moi, cette sœur adorable dont la disparition à vingt-trois ans allait tellement peser sur notre existence. Pendant bien des années, je ne me suis jamais souvenu de cette présence, enfant, sans que mon cœur ne s'affole aussi douloureusement qu'à l'époque où elle a disparu. Je revoyais ses yeux noirs, les boucles brunes qui s'échappaient de son fichu, ce sourire que j'ai cherché partout, plus tard, mais vainement. Justine ressemblait à notre mère, mais avec plus de force dans le regard, une sorte de défi qui l'a menée vers un redoutable destin dont je ne sais rien encore aujourd'hui, et qui porte le sceau de l'incroyable mystère de nos vies.

Pendant toute mon enfance, en fait, je n'ai jamais soupçonné que le malheur existait. Pour moi, les arbres étaient les silhouettes tutélaires qui veillaient sur les miens, à l'image de ce père qui ne pliait jamais sous la tempête. Leurs gesticulations, leurs soupirs, leurs murmures témoignaient seulement d'une présence fidèle et chaleureuse. Au contraire, pour ma sœur Justine, ils personnifiaient les êtres étranges dont les légendes étaient contées dans les veillées au sein desquelles elle se recroquevillait dans l'ombre, attentive seulement à ne pas attirer leur attention sur elle, tremblante, terrifiée.

— J'ai vu le Cavalier noir, me disait-elle en roulant des yeux horrifiés. Il est suivi d'un lévrier de la même couleur.

Et comme, stupéfait, je ne savais que répondre, elle ajoutait :

— Il m'a poursuivie du côté des Essarts, près du grand chêne foudroyé. Si tu savais comme j'ai eu peur !

D'autres fois, elle se disait familière de l'enchanteur Maugis, le cousin de Renaud, l'un des quatre fils du roi Aymon, celui qu'avait pourchassé Charlemagne jusque dans nos forêts.

— Il m'a parlé, disait Justine.

— De quoi donc ?

— C'est un secret.

Selon elle, derrière chaque arbre se tenait une silhouette venue du fond des âges, et dont ils étaient l'abri, le refuge, la demeure. Aussi, dès le premier jour où je l'ai l'accompagnée sur le chemin de l'école, je me suis fait un devoir de la rassurer, de lui montrer combien ils n'étaient pas hostiles, mais caressants, protecteurs, et qu'elle n'avait rien à redouter d'eux. Il faut croire que je n'y suis pas parvenu, puisqu'elle n'a eu de cesse, l'âge venu, de partir de ces hautes terres que hantaient trop d'ombres et de mystères.

4

Trop impatient et intrigué par l'arrivée si inattendue de ma petite-fille, je n'ai cessé de tourner en rond dans mon bureau, ce matin de mai 2001, en me demandant si elle arriverait pour le repas de midi. Le message reçu la veille sur mon téléphone n'était pas suffisamment précis, et je n'avais su répondre à Solange qui m'avait demandé s'il fallait prévoir un seul ou deux couverts. D'ordinaire, je mangeais dans la forêt à midi, emportant mon repas avec moi, que je faisais réchauffer sur un petit réchaud à gaz, à l'arrière du Range Rover qui accusait plus de trois cent mille kilomètres, mais dont je ne me décidais pas à me séparer.

Je n'aime pas être dépendant des actes ou des décisions des autres, quels qu'ils soient, surtout depuis que je vis seul, et je reconnaissais dans l'imprécision de Charlotte la manière de se comporter des gens de la ville qui, selon moi, ne manifestent plus le moindre respect envers leurs semblables. Mais « la petite » avait certainement des excuses, c'est du moins ce que je m'efforçais de penser, en guettant derrière la fenêtre la voiture qui, peut-être, allait apparaître dans l'allée de grands cèdres plantés dans les années cinquante et qui avaient résisté à la tempête, du fait qu'ils étaient abrités par le coteau au-dessus duquel passe la route.

J'étais aussi en colère contre moi-même, ce matin-là, car je m'étais aperçu la veille que les épicéas qui étaient par terre avaient contaminé ceux qui restaient debout : l'ips[1], cet insecte qui pouvait les faire mourir en quinze jours, s'était développé dans les volis. J'avais également vérifié que les douglas arrachés résistaient mieux que les épicéas qui, eux, s'étaient cassés, effrités, hachés, et pourrissaient beaucoup plus vite. Or cela, je l'avais compris lors de la tempête de 1982, et pourtant j'avais replanté des épicéas, en moindre quantité que les douglas, certes, mais suffisamment pour assister aujourd'hui à cette désolation dont je me sentais responsable. Que fallait-il faire ? Les laisser pourrir, revenir à la terre pendant des années ou les évacuer en sachant que de toute façon je ne les vendrais pas ? Heureusement que je n'ai jamais considéré les parcelles de forêt que je possède comme une source sûre de revenus. Je n'ai jamais voulu en être dépendant. C'est pour cette raison que j'ai développé l'entreprise de débardage créée par mon père et que je n'ai pas hésité à acheter deux mastodontes du Canada : ces Timber Jack qui

---

1. *Ips typographus* : insecte coléoptère clavicorne.

dévorent les arbres en quelques secondes, les ébranchent et les coupent à la dimension souhaitée.

Le problème, c'était que plus d'un an après la tempête, on avait encore du mal à s'approcher des parcelles frappées, et que les hommes devaient ouvrir la piste avec les tronçonneuses, comme dans les années soixante. Le problème, aussi, était que je ne pouvais refuser d'intervenir dans les forêts domaniales ou les propriétés privées qui m'appelaient à leur secours, alors que mes propres plantations avaient souffert autant que les autres. C'était pour moi une question d'honnêteté : je ne pouvais pas abandonner les propriétaires qui me faisaient vivre en temps normal et, de surcroît, je devais penser aux quinze forestiers que j'employais, non plus étrangers, comme les Italiens et les Espagnols du début, mais des jeunes Français, tous issus de l'école forestière et passionnés par les arbres comme je l'avais été depuis cette lumineuse enfance qui, de plus en plus souvent, ressurgissait en moi, que je me trouve ou non en forêt.

De ces jours bénis émerge souvent le souvenir d'un hiver où la neige est montée jusqu'au-dessus des fenêtres de la maison. Au matin, quand mon père a voulu ouvrir les volets, il n'a pu y parvenir. Ce fut un hiver exceptionnel qui dura cinq mois et qui resta longtemps présent dans la mémoire des gens du plateau. Une fois les volets ouverts, le formidable éclat de la neige qui rejoignait le ciel au-dessus des bois ensevelis s'est incrusté dans mes yeux pour toujours.

C'est la seule fois où nous n'avons pu nous rendre à Aiglemons pour la messe de minuit à Noël. Il ne fut pas question de se risquer le long des cinq kilomètres qui séparaient le hameau du village. D'ordinaire, on se groupait pour partir avec les gens de Servières, on passait entre les grands arbres sur lesquels veillaient des étoiles dures comme du silex, si proches que je rêvais de les décrocher de la main. Là-bas, dans l'église illuminée de ses lustres et des ors du retable, je me glissais près de la crèche et prenais la main de Justine. Elle ne tremblait plus. Il n'y avait là plus aucune menace, et les arbres, au-dehors, secrètement dormaient. Je mêlais ma voix à celle de ma sœur et de ma mère, me désolais de voir la messe se terminer si vite, levais la tête vers le lustre qui resplendissait au-dessus du chœur, gardais les yeux ouverts pour m'éblouir de cette lumière magique, rêvais de m'endormir là, de ne plus bouger.

Mais il fallait repartir. Le choc de nos pieds sur la terre gelée semblait réveiller les arbres qui s'ébrouaient brusquement, se délestaient d'un peu de neige et se penchaient vers nous. Alors leurs mains froides passaient dans notre dos, mais je savais que c'était seulement pour nous aider à marcher plus vite, à regagner rapidement l'abri d'où nous étions imprudemment sortis.

Au retour, un réveillon de beignets et de gaufres réunissait les familles qui se groupaient pour l'occasion, mais il ne durait pas longtemps. Il était tard. Il faisait froid malgré la grosse bûche, choisie depuis des mois, qui se consumait dans la cheminée. Il fallait vite aller dormir, car le Père Noël n'aurait pu déposer devant la cheminée le seul présent qu'il déposât jamais pour ma sœur et pour moi : un petit sabot en chocolat avec un Jésus en sucre blanc à l'intérieur. Je le découvrais le lendemain matin, n'osais pas le manger, je le conservais précieusement avant de m'y décider, puis je partais au hameau frapper à la porte des maisons où l'on recevait une orange, un gâteau ou un bonbon, dérisoires présents qui me paraissaient de magnifiques trésors.

5

Les nuits dans la forêt lourde de neige, sous le miroir du ciel criblé d'étoiles scintillantes, sont restées pour moi l'un des sortilèges de ce temps et de ces lieux. Je repars seul en pensée, souvent, pour revivre ces heures où tout pouvait arriver : il n'aurait pas été étonnant que surgissent quelques bêtes de l'an mil ou des hommes venus du fond des âges pour nous rencontrer, nous rappeler ce que nous avions oublié, quelques essentiels secrets trop profondément enfouis. Il n'aurait pas été davantage surprenant d'arriver dans la clairière d'un autre monde, où attendaient tous ceux qui nous avaient quittés, embellis par on ne sait quelle jeunesse nouvelle, la magique beauté d'un univers tout neuf.

Ces chemins-là, je les retrouve sans peine, car ils sont à jamais inscrits en moi, un peu comme l'itinéraire des oiseaux de passage qui n'oublient jamais leur chemin pour gagner les contrées protégées qui les sauveront. Très tôt, mon père m'avait fait lever la tête vers eux, en novembre, à la rencontre de ces grands vols de grues cendrées qui traversaient le plateau en s'appelant pour ne pas se perdre, et nous laissaient différents en disparaissant à l'horizon, dans le miracle d'un espace infini. De même, les bêtes sauvages aperçues dans un éclair au travers d'une piste, les cerfs ou les sangliers, les chevreuils ou les lièvres, témoignaient d'une autre présence, moins secrète mais non moins attirante.

Ce monde-là est loin. Aujourd'hui, de grands oiseaux passent encore au-dessus des forêts, mais rien n'est plus comme avant, et je me défends de le regretter, car le progrès nous a apporté beaucoup : on ne travaille plus avec la hache et la scie, avec la tronçonneuse ou le palan, mais avec ces Timber Jack capables d'ébrancher les arbres en trente secondes alors qu'il fallait une heure auparavant.

À leur arrivée, au milieu des années quatre-vingt, j'ai détesté ces rafales de chocs secs, nerveux, très violents, cette insensibilité de mante religieuse qui exprimait à mes yeux une puissance disproportionnée, injuste, déloyale, du fer par rapport au bois. Elle me paraissait sacrilège. On ne pouvait pas traiter ainsi des arbres plantés, soignés, aimés depuis de longues années, les abandonner à un sort injuste et cruel. Et puis j'ai compris que m'adapter était ma seule chance de survie : la main-d'œuvre avait disparu, les jeunes de l'école forestière avaient appris à travailler avec les ordinateurs, ceux-là mêmes qui, dans la cabine de la Timber Jack, comptabilisent les mètres cubes et définissent la longueur des grumes. Ce n'a pas été sans appréhension, à l'époque, que j'ai signé le chèque pour acquérir le premier de ces monstres modernes, mais je n'avais pas le choix, car la tempête de novembre 1982 avait laissé les forestiers désemparés, incapables de faire face à tous ces arbres abattus, et pas davantage, au demeurant, d'imaginer celle qui allait suivre dix-sept ans plus tard, à la fin du mois de décembre 1999.

Les monstres, en somme, avaient changé d'apparence. Ils étaient devenus de métal, leur âme s'était envolée et leurs secrets aussi. Et je me suis habitué à tout sans en souffrir vraiment, car je dispose d'une mémoire fabuleuse, implacable, qui, dès que j'en ressens le besoin, me restitue tout ce que je désire, et dans l'instant où je le souhaite. Par exemple, les bruits anciens : celui des cognées dans le lointain qui résonnait d'écho en écho, comme porté par le silence qu'il brisait, ou celui de l'arbre qui s'abattait, fracassant ses voisins, mourant dans une longue plainte d'où il n'était pas possible de ne pas ressentir un reproche ; celui du souple grincement du tronc incliné par le vent, celui de la tronçonneuse enfin, qui avait traîtreusement remplacé la hache et aboli une certaine qualité de l'air, jusqu'au parfum de la résine, jusqu'à l'odeur même du bois pendant des années.

D'autres sons, d'autres parfums les ont remplacés : l'odeur délicieusement acidulée des grandis notamment, ces sapins de Vancouver plantés dans les années quatre-vingt, avec les douglas, les épicéas d'Amérique dont les aiguilles et les branches sont si rudes qu'elles blessent si vous n'y prenez garde. Ces essences nouvelles venues de loin pour remplacer les feuillus ont bouleversé la forêt mais, en même temps, elles l'ont rajeunie. Les grumes rosées de douglas dégagent plus de parfum que les pins sylvestres, le bois plus blanc des épicéas rappelle celui des bouleaux et des charmes. Rien n'a changé et tout est différent.

À mon âge, j'ai appris à m'accommoder de tout, même de l'absence de ceux qui m'ont accompagné toute ma vie. La souffrance de leur disparition ne s'est pas estompée : elle est si présente, en fait, que je l'oublie, si ce n'est la nuit, quand je ne me trouve plus dans la forêt, que les ombres familières rôdent et me parlent d'une voix si nette, si claire, si totalement semblable à celles qui se sont tues, que je tends la main pour saisir celle de l'être qui a disparu sans que je l'aie jamais accepté. Car il est bien inacceptable, intolérable, de laisser partir ceux que l'on aime avant soi, et je me refuse farouchement à ce que je considérerais comme une faiblesse de ma part, une soumission à un ordre qui mérite seulement d'être combattu, et auquel il ne faut jamais consentir.

C'est alors que je me lève pour écrire, le plus souvent au cœur de la nuit, pour refaire le chemin qui m'a mené vers eux, tenter de me faire pardonner de ne les avoir pas déjà rejoints, retisser le lien essentiel avec ceux qui ont été le miel de ma vie, et l'ont quittée pour aller Dieu sait où, me laissant seul sur un quai peuplé d'arbres, les seuls à me parler désormais d'un temps où j'ai été heureux, peut-être plus qu'aucun homme, nulle part, ne l'a jamais été.

6

Quand l'éclair a jailli enfin d'entre les cèdres, j'ai compris qu'il s'agissait d'une voiture, car ces arbres ne jettent jamais ce genre d'éclats métalliques, étrangers à leurs aiguilles d'un vert sombre et plutôt mat. J'ai attendu quelques secondes, le temps d'en être sûr, puis je suis sorti de mon bureau et je me suis arrêté sur la terrasse. La voiture – une Peugeot bleue – est apparue entre les deux cèdres les plus proches, elle a hésité puis elle est venue se garer doucement face à moi. Dès que j'ai fait un pas, j'ai aperçu une jeune femme inconnue qui est sortie difficilement du véhicule. Elle a souri, refermé doucement la portière et dit :

— C'est moi, Charlotte.

J'ai hésité à m'approcher, tellement elle me paraissait étrangère, à part peut-être quelque chose dans le regard qui aurait évoqué Jeanne, sa mère, si une auréole de fatigue intense n'avait été dessinée autour des paupières d'un mauve fané, due sans doute à une nuit de voyage ininterrompu. Cependant, dès que Charlotte a fait un pas vers moi, j'ai reconnu une démarche : non pas celle de Jeanne, mais celle de Louise, ma femme, et une bouffée de joie m'a envahi, comme si soudain elle traversait la cour en me restituant celle que j'avais cru perdue à jamais.

Nous sommes restés face à face un instant, moi en observant le visage émacié, les yeux verts, très clairs, les membres frêles, la casquette à la Poulbot posée sur la tête comme c'était la mode, sans doute, là-bas, quelque part ; Charlotte ne sachant comment aborder cet homme grand et fort, les yeux noirs, vêtu de velours, qui semblait lire en elle, la connaître depuis toujours. Quand nous nous sommes embrassés, je l'ai retenue quelques secondes contre moi comme si j'avais peur de la voir tomber, tellement je l'avais sentie fragile dans mes bras.

— Viens donc ! ai-je dit en la précédant jusque dans la cuisine, où, une fois assis, nous nous sommes retrouvés de nouveau face à face, ne sachant par où commencer.

Alors je me suis levé, je suis allé chercher la soupière qui réchauffait sur la cuisinière, puis je l'ai posée sur la table en disant :

— Sers-toi. Je suis sûr qu'il y a longtemps que tu n'as pas mangé une vraie soupe de pain et de légumes.

— C'est vrai. Il y a longtemps.

Nous nous sommes mis à manger en silence et Charlotte a dû comprendre que je ne me permettrais pas de l'interroger, que j'attendrais une explication, un signe, mais que s'ils ne venaient pas, je n'irais pas à leur rencontre. Elle mangeait tête baissée, mais elle la relevait de temps en temps vers moi, dont le regard ne trahissait pas la moindre hâte, car je possède la grande patience de ceux qui vivent parmi les arbres. C'est seulement quand je me remis debout pour aller chercher les lentilles et le petit salé que Charlotte a dit doucement, à l'instant où je revenais vers la table :

— J'ai une maladie grave : un sarcome d'Ewing.

— Un quoi ?

— Un sarcome d'Ewing.

Et, comme je cherchais désespérément de quoi il s'agissait, essayant seulement de ne pas trahir la moindre émotion :

— Une tumeur osseuse, à la jambe gauche.

J'ai senti qu'elle espérait un regard, un geste, mais je n'avais plus l'habitude de vivre dans la sollicitude envers qui que ce soit. Il me semblait aussi que je devais rester moi-même, que c'était peut-être de force et de dureté qu'elle avait besoin. Alors j'ai demandé d'une voix égale :

— Tu te soignes ?

— Oui.

— Il n'y a pas d'autres choses à faire que de se soigner quand on est malade.

— C'est vrai, a murmuré Charlotte après une hésitation.

— Et manger aussi, ai-je ajouté avec la même insensibilité apparente.

Elle a sans doute retrouvé dans ces mots la philosophie de Louise, sa grand-mère, qui la gavait de confitures, de miel, de tartes aux pommes, de crêpes et de beignets quand elle était enfant, et elle n'a pu retenir un sourire. Elle a jeté un regard vers les meubles, massifs, imposants, d'un lustre chaud qu'elle reconnaissait sans doute puisqu'ils n'avaient pas changé, que c'étaient exactement les mêmes et à la même place ; puis vers la cuisinière, noire, énorme, le poêle également, trapu, imposant, qui tous deux sentaient le bois, et pas n'importe lequel : le chêne et le hêtre bien secs que je brûle aujourd'hui comme Louise l'a fait avant moi.

Je me suis souvenu qu'elle n'était pas venue souvent à Servières, Charlotte, peut-être deux ou trois étés seulement, il y avait de cela plus de vingt ans. Mais j'ai deviné qu'elle retrouvait les odeurs du bois, familières, secourables, les mêmes exactement, et elle en était à la fois étonnée et réconfortée après une nuit de route.

Elle n'a pu venir à bout du petit salé que j'avais, moi, dévoré rapidement, et elle a seulement mangé les lentilles sans que j'ose lui en faire la remarque.

— Je n'ai pas beaucoup dormi cette nuit, a-t-elle enfin dit. Je voudrais bien me reposer.

— Viens !

À l'instant de se lever, elle a eu un vertige et je l'ai prise par le bras le temps nécessaire, puis je l'ai lâchée avant de la précéder vers la chambre qui avait été celle de ses vacances, quand elle était enfant.

— Ça ira, comme ça ? ai-je demandé en désignant le lit.

— Ça ira très bien.

— Je suis obligé de repartir sur les coupes. Si ça ne va pas, appelle Solange. Je t'ai mis son numéro sur la table de nuit. Elle saura où me trouver.

Elle ne m'a même pas demandé qui était Solange. Elle s'est couchée tout habillée tandis que je refermais la porte. Je suis revenu machinalement dans la cuisine pour débarrasser la table, où j'ai laissé tomber une assiette qui s'est cassée dans un bruit désagréable et qui m'a fait jurer. Je n'étais pas en colère contre moi-même, mais contre l'injustice du sort qui frappait ma petite-fille. Car désormais je savais : j'avais lu la gravité de la maladie de Charlotte dans ses yeux, dans son corps, dans ses gestes, sur son visage, et je me demandais comment on pouvait tomber si malade à moins de trente ans. Pour moi, la maladie ne doit venir qu'avec la vieillesse. Avant, elle est inacceptable, injuste, intolérable, et la simple vue de ce corps si fragile, si défait, m'avait fait entrer dans une rage qui augmentait encore, à présent, à l'idée que cette casquette que je trouvais ridicule – Charlotte l'avait gardée en s'allongeant sur le lit – dissimulait sans doute une absence de cheveux due aux traitements modernes. J'avais vu ça chez un homme de Servières à son retour de l'hôpital. Comment disait-on ? Chimiothérapie. Oui, c'était bien cela. J'ai répété ce mot entre mes lèvres, comme pour l'apprivoiser, mais je n'y suis pas parvenu. La colère enflait en moi, m'embrasait, tandis que je tentais de concilier, vainement, le souvenir de ma petite-fille enfant avec celle d'aujourd'hui.

Elle était simplement venue en vacances au cours des étés qui avaient coïncidé avec les premières années de travail de Jeanne. Ensuite, avec la réussite matérielle, les déplacements constants nécessités par son activité d'avocate en droit international, le travail avait conduit sa mère aux États-Unis, et Charlotte chez son père, aux vacances, en Normandie, après un divorce rapide auquel Louise et moi n'avions même pas pu nous opposer, car nous ne l'avions appris qu'après coup. Charlotte n'était revenue que pour les obsèques de sa grand-mère, mais même cette adolescente-là, je ne la reconnaissais pas aujourd'hui, et je savais pourquoi : le mal qui s'était installé en elle était redoutable. Il l'avait changée, cruellement blessée, mise en grand péril.

J'ai hésité au moment de sortir. Était-il bien raisonnable de la laisser seule avec un téléphone ? Puis j'ai pensé aux hommes qui m'attendaient, à tout ce bois par terre, à ce gigantesque travail dont je ne venais pas à bout depuis plus d'un an. C'est à l'instant précis où j'ai démarré qu'une image est venue me frapper brutalement : cette forêt violentée, déchiquetée, meurtrie jusque dans son cœur, désormais, pour moi, elle aurait le visage de Charlotte.

7

Quand je suis arrivé sur le chantier, un quart d'heure plus tard, ma colère n'était pas retombée. Mes forestiers s'en sont aperçus dès que j'ai pénétré dans les chablis où les douglas avaient beaucoup souffert. De surcroît, l'ordinateur de la Timber Jack était tombé en panne et il fallait le reprogrammer pour une coupe en grumettes, alors que les arbres mesuraient plus de douze mètres et qu'on avait mis plus d'une semaine avant de pouvoir ouvrir une piste vers les parcelles les plus touchées de ce pan de forêt. Une semaine d'efforts pour aucun profit, si les grumettes demeuraient au bord de la route, comme tant d'autres, faute de pouvoir les vendre. Pourtant, au lieu de laisser éclater ma colère, j'ai senti inexplicablement quelque chose refluer en moi et je me suis éloigné vers l'extrémité de la laie.

Là, au bout de quelques minutes, tandis que je m'enfonçais dans la friche, j'ai reconnu l'endroit où mon père m'avait emmené pour la première fois dans les coupes. C'était peu avant la guerre, je devais avoir huit ans, la maladie des années trente venait juste de cesser : l'encre des châtaigniers les avait dévastés, et mon père s'était bien gardé d'en replanter. Il les avait remplacés par des épicéas, dont il allait ce jour-là vérifier la croissance dans une parcelle donnant accès à des pins magnifiques qu'il fallait éclaircir.

J'avais entendu de loin les coups de hache, portés par l'écho familier de ces hautes terres où les sons courent plus facilement que dans les vallées. Je n'avais jamais vu un arbre tomber, alors. Mes larmes, ce jour-là, surprirent mon père qui ne m'en fit pourtant pas le reproche. Les pins devaient avoir six mètres de haut, mais ils manquaient de lumière et se disputaient l'eau pour avoir été plantés trop serrés, comme on a tendance à le faire trop souvent. Sous peine de les voir souffrir et de ne plus profiter, il fallait donc éclaircir la parcelle, sacrifier les fûts les moins beaux, ceux qui poussaient le moins droit, présentaient des défauts, des plaies, des branches trop basses qui détournaient inutilement la sève au printemps.

C'est ce que m'a expliqué calmement mon père en séchant mes larmes, mais j'ai compris qu'il était ému de les voir, qu'il n'était pas en colère contre moi, au contraire : il éprouvait lui-même de la souffrance face à ce sacrifice, mais il avait depuis longtemps appris à passer outre. Les coupes d'éclaircie étaient indispensables à la croissance des arbres les plus forts, les plus beaux : ceux qui donneraient le meilleur bois se vendraient le plus cher.

— C'est la vie, m'avait-il dit ce jour-là. Il ne faut jamais renoncer à une éclaircie. Jamais. N'oublie pas, Bastien ! La force d'un arbre réside dans la lumière et dans l'eau qu'il peut atteindre. S'il ne les trouve pas, il dépérit et meurt. En agissant ainsi, je les protège. Tu comprends ?

J'avais fait un signe affirmatif de la tête, mais je n'avais pas voulu rester sur cette coupe funeste. Mon père, alors, m'avait conduit loin de cette parcelle, à deux kilomètres de là, vers une hêtraie magnifique, dont les arbres devaient avoir plus de quatre-vingts ans. Il voulait ainsi me consoler de ces larmes qui l'avaient tellement surpris – ébranlé, peut-être –, lui que rien ne semblait émouvoir. C'est sans doute depuis ce jour que j'aime les hêtres dont les fûts s'élèvent bien droits, sans branches basses, donnant à la hêtraie un aspect colonnaire de cathédrale et dont le feuillage très dense interdit aux autres espèces de se développer à proximité. Leur bois d'un blanc rosé, lourd, dur, devient mauve au printemps et permet la fabrication de meubles d'une grande noblesse. Je ne me suis pas privé d'en commander à l'ébéniste d'Aiglemons, et je les caresse volontiers de la main, savourant l'éclat rosé et cependant très chaud de la console qui fait face à mon bureau, dans le silence étrange, peuplé, de mes nuits de solitude.

Consolé, je l'ai été, ce jour-là, par le spectacle des rares rayons de soleil pénétrant à travers des feuilles encore dans leur maturité, non dans le déclin. Ce devait être en juillet, l'école venait de cesser. D'où cette première visite dans les coupes, ce premier contact avec un monde fantastique dont je soupçonnais seulement les secrets, à l'écoute des récits de mon père, le soir, autour de la table où nous l'attendions souvent jusqu'à la nuit tombée.

— Regarde-les bien ! avait-il murmuré. Ils savent, comme nous, qu'ils doivent mourir un jour, mais ils ne pensent qu'à une chose : grandir, monter le plus haut possible, bien plus haut que nous ne grandirons jamais.

Il avait ajouté, me prenant par l'épaule :

— On les croit insensibles à nos actes parce qu'ils gardent le silence, mais en réalité ils nous jugent.

Je n'avais pas très bien compris ce qu'il voulait dire par là. Ce n'est que bien plus tard que ces mots sont revenus en moi, que j'en ai deviné le sens caché, à savoir que les arbres sont des êtres vivants capables de colère, de rancune aussi bien que de compassion. Il suffit de savoir déchiffrer leur langage pour les comprendre, ce qui évidemment n'est pas donné à tout le monde : il y faut une grande attention, beaucoup de soins, de complicité. Il faut savoir devenir arbre, aimer la pluie et la lumière, murmurer dans le vent ce que personne n'a jamais dit et ne dira jamais. Il faut enfin apprendre leur immense patience, leur perception du temps, si différente de la nôtre. Une vie n'y suffit pas ou à peine. Mais cet après-midi-là, si j'avais admiré la majesté de ces hêtres qui paraissaient abriter un monde clos, d'eux seuls connu, ils n'en laissaient apparaître que des éclairs indéchiffrables à l'enfant que j'étais.

8

C'est aussi cet été-là que je me suis perdu pour la première fois, après avoir fait un détour, au retour d'une mission que m'avait confiée ma mère. Il s'agissait d'aller chercher des œufs dans une ferme isolée, à trois kilomètres du hameau. Le chemin qui y conduisait était sûr et bien délimité : une sente très fréquentée qui traversait des bois de pins, avant de s'incliner vers une combe et de remonter, de l'autre côté, vers des bois de châtaigniers et de bouleaux. Pourquoi, au retour, muni de mes œufs serrés dans du papier journal et bien rangés dans un panier d'osier, m'étais-je écarté du chemin principal en prenant une sente latérale sur la droite qui partait perpendiculairement à la première ? Je ne me souviens pas très bien. Peut-être un oiseau ou une bête avaient-ils attiré mon attention, ou peut-être avais-je aperçu un arbre inconnu au détour du sentier. Je n'aurais certainement pas continué si la laie, cinq cents mètres plus loin, ne s'était dirigée vers la gauche, me faisant croire que j'allais rejoindre le chemin par lequel j'étais arrivé. Mais ce n'était pas le cas :

après une courbe dans cette direction, il allait droit, me laissant cependant espérer une jonction plus loin.

Je ne savais pas à quel point il est difficile de se repérer dans une forêt que l'on ne connaît pas. D'autant que la sente que j'avais empruntée en avait rencontré d'autres et que j'avais pris à gauche systématiquement mais sans parvenir à retrouver celle que je cherchais. J'avais parcouru au moins deux kilomètres avant de m'arrêter et de songer à faire demi-tour. Je m'étais assis quelques minutes sur une souche morte et je tentais de réfléchir, mais je découvrais à quel point est hostile la solitude en forêt inconnue et combien elle semble peuplée d'ombres menaçantes. Malgré Justine et ses frayeurs coutumières, je n'en avais jamais vraiment fait l'expérience.

Je suis revenu sur mes pas, mais je n'ai pas réussi à retrouver le chemin que je n'aurais jamais dû quitter. Après une demi-heure d'efforts, j'ai compris que je tournais en rond – c'est fréquent, je le sais aujourd'hui, en de telles circonstances – et je me suis alors efforcé de continuer droit devant moi, même si cette direction me paraissait suspecte. Sans succès. Quand je me suis arrêté enfin, il devait être sept heures du soir, et je ne savais plus du tout où je me trouvais ni vers où me diriger. On était en été, certes, mais la nuit tombe tôt en forêt, même en cette saison, à cause de l'ombre naturelle des couverts, des épaisses frondaisons qui filtrent la lumière du jour. Assis contre le tronc d'un chêne, dans le silence d'une solitude complète, il m'a semblé deviner ce que redoutait Justine ; combien la forêt pouvait être peuplée de créatures mystérieuses. Elles s'étaient mises à glisser autour de moi, furtivement, me frôlaient, me touchaient parfois, au point que j'aurais voulu disparaître, trouver refuge au cœur même de l'arbre comme le font les écureuils et les oiseaux.

Je ne respirais plus, ou à peine. Tout pouvait arriver, je le savais désormais, en ces lieux que les branches des arbres animaient de mouvements étranges, de murmures, de soupirs. J'avais rencontré le vrai peuple de la forêt, celui qui vit dans son ombre complice, et qui n'apparaît que loin des lieux habités, se laissant seulement entrevoir, mais dont la présence devient certaine, évidente, au fond des bois où il se meut secrètement, sans que l'on sache ce qu'il vous veut vraiment. Pourtant, même ce jour-là, malgré ma panique, je n'avais pas cru qu'il me souhaitait vraiment du mal ou que j'étais en danger de mort. Il témoignait de sa présence, tout simplement, me montrait qu'il existait pour me faire partager quelque chose : une autre vie, un secret bien gardé, la révélation d'un monde impossible à imaginer sans lui.

La fatigue et le sommeil qui étaient tombés brutalement sur moi m'avaient sauvé des bras qui menaçaient de m'emporter, de me soustraire à ceux qui m'aimaient. C'est mon père qui m'avait retrouvé le lendemain matin à l'aube et m'avait ramené sans un mot dans la maison où j'avais apaisé ma faim avec des tartines de pain de seigle et du lait. Mon père ne m'avait pas fait de reproches car il se méfiait de ses colères, de la violence qui pouvait l'embraser subitement, mais à partir de ce jour la forêt n'a plus jamais été la même pour moi et je me suis demandé si Justine n'était pas elle-même la fée Oriande de cet univers et seule capable, pour cette raison, d'apercevoir tous ceux qui s'y tenaient secrètement cachés…

Une rafale de chocs secs et très violents sont venus me tirer de ma rêverie : la Timber Jack, enfin reprogrammée, venait de se mettre en route et débranchait les fûts comme une araignée géante. Je suis revenu vers le monstre et j'ai appelé Étienne, mon chef d'équipe, de la main – trop près de la Timber Jack, on ne s'entendait pas. J'apprécie cet homme de quarante ans que j'ai embauché à vingt, au retour de son service militaire. Il est né sur le plateau, n'est pas marié, ne vit que pour et par les arbres. Maigre, brun, avec seulement les os sur la peau, il s'est approché de moi sans hâte, afin de prendre les instructions.

— Il faut marquer les arbres dans la parcelle du haut, ai-je dit. Prends la peinture et viens avec moi !

Il s'agissait de choisir les arbres qui étaient restés debout pour ouvrir une piste vers les décombres de ceux qui étaient couchés. En montant, il y avait plus de dégâts que vers le bas, comme d'habitude, le vent ayant soufflé plus violemment vers la crête. C'était un vrai désastre en fait, et il n'y aurait pas grand-chose à couper, quatre-vingts pour cent des douglas étant couchés.

Nous n'avions pas besoin de nous parler pour nous comprendre : un trait rouge horizontal pour un arbre seul, un trait vertical pour toute la rangée. Étienne les a tracés avec une bombe de peinture puis il s'est retourné vers moi.

— C'est tout !

En redescendant vers la coupeuse, j'ai songé brutalement à Charlotte que j'avais laissée seule à la maison, sans doute imprudemment. Une morsure s'est refermée sur mon estomac.

— Je rentre, ai-je dit à l'intention d'Étienne.

J'ai ajouté, avant de lui tourner le dos :

— Demain, ici, à la première heure.

Et je me suis mis à marcher avec une hâte irraisonnée vers le Range qui m'attendait à l'extrémité de la piste.

9

À mon arrivée, je n'ai pas été du tout étonné de trouver Solange dans la cuisine. Elle n'avait pu résister à sa curiosité, était revenue plus tôt que d'habitude, mais en un sens cette présence m'a rassuré.

— Elle dort, m'a-t-elle dit. Je suis allée voir.

Je n'ai pas répondu et suis passé directement dans mon bureau où je me suis assis en soupirant, repoussant d'une main les lettres qui me suppliaient d'intervenir dans les parcelles encore inaccessibles, et que je ne pouvais satisfaire. Puis j'ai caressé le sous-main épais, le bois lustré du bureau qui avait, sous la lampe, des reflets d'ambre chaud. En relevant la tête, j'ai aperçu Solange dans l'entrebâillement de la porte demeurée ouverte.

— Tu peux entrer.

Elle s'est assise face à moi, sur un des fauteuils de cuir fauve, dont l'éclat m'apaise autant que celui de mon bureau.

— Elle est malade, cette petite, a dit Solange.

— Je sais, mais ne va pas t'imaginer que tu vas la soigner avec tes remèdes de sorcière.

Solange a souri, n'a pas dit un mot, et son regard a erré sur la bibliothèque en chêne dont les vitres ne laissent apparaître que des livres énigmatiques, qui tous traitent des arbres et du bois. Les romans se trouvent, eux, dans le grand meuble de la salle de séjour. Il fut un temps où nous lisions beaucoup avec Louise, et ces livres me le rappellent aussi délicieusement que cruellement.

— C'est grave ? a demandé Solange.

Je n'ai pu m'empêcher de lever sur elle un regard hostile, avant de répondre :

— Tout est grave, aujourd'hui.

Puis j'ai ajouté, un ton plus bas :

— C'est comme ça.

Elle a hoché la tête, voulant montrer ainsi qu'elle comprenait, puis elle m'a demandé doucement :

— Tu ne veux pas m'en dire plus ?

— Non.

Elle a soupiré d'un air contrarié, s'est levée en disant :

— Il reste de la soupe, des lentilles et du jambon. Par contre, il n'y a presque plus de fromage. J'en rachèterai demain.

Une fois à la porte, elle a ajouté :

— Si tu as besoin de quelque chose, appelle-moi.

Je n'ai pas répondu davantage. Je savais que de toute façon elle apprendrait d'elle-même ce qu'elle avait envie de savoir. Elle est, en effet, d'une patience et d'une obstination infinies, elle

parvient toujours au terme de ce qu'elle a pro-
jeté, ne se décourage jamais, et elle a besoin de
se rendre indispensable. On la consulte moins
aujourd'hui, mais elle a longtemps soigné les
gens, enlevé le feu sur les brûlures, traité les petits
maux que l'on n'avait pas le temps d'aller montrer au médecin d'Aiglemons et elle en garde la
conviction que sans elle le monde s'arrêterait de
tourner. Mais je l'aime bien et je suis habitué à sa
présence.

En levant les yeux vers l'horloge qui égrène
le temps depuis plus d'un siècle, j'ai pensé que
j'étais rentré trop tôt. En cette saison, d'ordinaire,
je ne retrouve la maison qu'à la nuit. Comme tous
ceux du plateau qui n'ont pas de temps à perdre,
car les beaux jours durent peu. Dès la fin août la
température fraîchit, et septembre traîne souvent
des brumes qui apportent très vite la nuit avec
elles. C'est pourquoi, ici, les cultures n'occupent
les hommes que trois mois par an. Mais ces trois
mois, pour mon père, ont toujours été trop longs.
Il n'aimait que la forêt, s'ennuyait aux travaux des
champs qu'il expédiait le plus vite possible pour
s'en retourner à ses arbres. Je garde pourtant le
souvenir de quelques moissons de seigle et de sarrasin, d'orge et d'avoine, surtout à l'occasion de
l'arrivée de la première faucheuse-moissonneuse,
de couleur rouge, qui m'avait paru énorme et
dont le vacarme m'avait beaucoup impressionné.

C'est parce qu'il n'aimait que les bois que
mon père avait donné le peu de terres culti-

vables qu'il possédait en fermage. L'homme s'appelait Chanteloup. Il habitait avec sa famille une petite maison de l'autre côté de Servières, une ancienne petite grange que mon père avait fait aménager, en bordure d'un champ de sarrasin. Aujourd'hui, elle est vide, tout comme la plupart des maisons du village, dont les enfants vivent en ville et ne reviennent qu'aux vacances, et de moins en moins souvent. À l'instar des millions de naufragés de l'exode rural, ils ont découvert les fastes de la Méditerranée ou de l'Atlantique, les mirages du désert, les peaux brûlées par le soleil et les autoroutes mortelles qui y conduisent.

Un bruit de pas feutrés m'a alerté, ce soir-là, et je me suis levé aussitôt. Ayant gagné le couloir, je me suis arrêté devant la porte de la chambre, j'ai écouté vainement, puis je suis passé dans la salle de séjour où, sur le canapé, à l'extrémité droite, j'ai aperçu une casquette qui dépassait de l'accoudoir. Charlotte avait quitté le lit, mais elle s'était allongée là, sa tête reposant sur un coussin de velours. J'ai hésité à la rejoindre puis je me suis décidé à aller m'asseoir sur un fauteuil, face à elle, tout simplement parce qu'il m'a semblé que je ne devais pas la laisser seule.

— J'ai bien dormi, a-t-elle dit.

— Tant mieux.

Son visage paraissait moins tendu, plus reposé que lorsqu'elle était arrivée. Ses yeux verts semblaient plus grands, plus lumineux, et un léger sourire flottait sur ses lèvres. Je l'observais mais je ne pouvais pas parler : j'ai perdu l'habitude. Depuis quelques années, je ne réponds qu'aux questions, et encore pas toujours : les mots me paraissent tellement inutiles ! Mais ce soir-là, face à ma petite-fille, il me semblait qu'il était de mon devoir de me rapprocher d'elle et je m'en voulais de ne pas en être capable. C'est elle qui est venue à mon secours en disant :

— Tu sais pourquoi je ne quitte pas ma casquette ?

— Oui.

— Ça ne te gêne pas ?

— Non.

Le silence est retombé brutalement, a duré sans que je trouve le moyen de le rompre. Charlotte a fermé les yeux et j'ai aperçu de nouveau les immenses cernes qui m'avaient tant frappé lors de son arrivée. C'est à peine si j'ai entendu la voix qui murmurait, comme dans un souffle :

— S'il te plaît, Bastien, parle-moi.

J'ai répondu, bouleversé par cette confiance, cet appel au secours auquel je ne m'attendais pas :

— Je ne sais plus.

Et, comme je m'en voulais de cette réponse qu'elle pouvait ressentir comme un abandon :

— Si tu me disais plutôt, toi, de quoi il s'agit vraiment.

Charlotte a laissé passer quelques secondes puis elle s'est redressée, a glissé ses mains sous ses jambes, comme pour les réchauffer.

— Tu as froid ?

— Non ! a-t-elle répondu.

Puis, aussitôt, dans un pâle sourire :

— Tu ne veux pas venir près de moi ? Ce serait plus facile.

Je me suis levé et me suis assis à sa droite. Alors elle s'est approchée et m'a pris le bras tout en posant sa tête sur mon épaule. Je n'ai pas esquissé un geste, j'ai attendu, comme je sais si bien le faire. Charlotte a soupiré, puis elle a murmuré :

— Si la chimio et les rayons ne font pas l'effet escompté, il faudra me couper la jambe.

J'ai compris que je ne devais pas lui laisser soupçonner en moi la moindre peur, que je devais répondre très vite.

— Ils feront de l'effet, ai-je dit. On ne te coupera pas la jambe.

Elle m'a serré plus fort le bras, a demandé :

— Tu en es sûr ?

— Tout à fait sûr.

— Mais comment est-ce possible ? a-t-elle dit en s'écartant légèrement de moi, comme si je l'avais brûlée.

— Je le sais. Ça me suffit.

— Comment, Bastien ? Il faut me le dire.

— Parce que tu es ma petite-fille.

Et j'ai ajouté, haussant d'un ton la voix :

— Et que je ne le permettrai pas.

Il y a eu un long silence, puis Charlotte a murmuré :

— Merci, Bastien.

Elle s'est allongée de nouveau à moitié sur le canapé. Comme je demeurais immobile, près d'elle, elle a appuyé ses pieds sur mes genoux.

— Est-ce que tu as mal ? ai-je demandé alors, posant enfin la seule question qui m'obsédait depuis la mi-journée.

— Non. Plus maintenant.

Et elle a ajouté :

— Enfin, je veux dire : plus depuis la chimio.

J'ai retenu un soupir de soulagement et j'ai demandé encore, afin d'épuiser définitivement le sujet :

— Même en conduisant ?

— J'ai une voiture à boîte automatique. Je n'ai pas besoin de débrayer avec ma jambe gauche.

Je me suis senti rasséréné car j'avais gardé en moi le souvenir précis de la souffrance de Louise pendant les derniers jours de sa maladie. J'ai songé vaguement que je ne supporterais pas de voir souffrir autant ma petite-fille. Cela, on peut l'accepter une fois dans sa vie, mais pas deux.

— Encore, Bastien, s'il te plaît, a dit Charlotte.

J'avais l'impression que quelque chose m'échappait, qu'il y avait quelque part un tunnel, des années durant lesquelles s'était engouffré le mal à notre insu, que je devais essayer de comprendre ce qui s'était passé.

— Raconte-moi, toi, plutôt, depuis le début.

Elle a hésité, puis elle s'est mise à parler d'une petite voix, comme si elle avait deviné la nécessité, pour moi, d'appréhender une vie qui m'avait été tellement étrangère, lointaine, inimaginable. Elle m'a raconté comment, lors de ses séances de chimio, elle s'était mise à rêver beaucoup, à revisiter son passé le plus lointain, l'appartement de la rue Notre-Dame-des-Champs où elle avait vécu avec sa mère, l'école maternelle à la cour minuscule et sans le moindre arbre, ses rares séjours, ici, à Servières, puis ses vacances en Normandie chez son père, le lycée, les études sanctionnées par un bac avec mention, ensuite la rue d'Assas pour un doctorat de droit fiscal, et dans le même temps HEC ; tout cela jusqu'à vingt-cinq ans, enfin la banque privée où elle était fondée de pouvoir en charge de la gestion des patrimoines. Elle m'a parlé aussi de Fabrice, son compagnon, un peu fragile – comme les hommes le sont souvent aujourd'hui, a-t-elle précisé –, impuissant à l'aider comme elle l'aurait souhaité.

— Et ta mère ?

— Elle est venue au moment de la chimio. Elle est restée trois jours et puis elle est repartie. Tu sais, aux États-Unis, les vacances, ça n'existe pas.

Elle a ajouté après un soupir :

— Elle me téléphone souvent. Tu verras, elle appellera. Je lui ai dit que je venais ici me reposer.

Elle s'est tue un instant, puis elle m'a demandé en riant :

— Sais-tu ce qui m'est venu au plus profond du sommeil, là-bas ?

— Non.

— L'odeur du bois... Enfin, je veux dire l'odeur des meubles d'ici, c'est à cause de ça que j'ai eu l'idée. Et tu sais, en venant, j'ai eu l'impression de rentrer à la maison... c'est drôle, hein ?

Elle s'est redressée en souriant de nouveau, comme gênée par cette confidence, puis elle m'a tendu sa main droite que j'ai prise pendant quelques secondes.

— Il faudra me parler de Louise, a-t-elle repris, mais aussi de toi et de ceux qui étaient là avant toi. J'ai l'impression qu'ils m'aideront.

— J'essaierai, mais je ne suis pas sûr de pouvoir y parvenir.

— J'en ai besoin, Bastien. Je cherche ce qui a bien pu se passer, à quel moment j'ai failli, pourquoi j'ai donné prise à ce mal. Pour se battre, il faut savoir contre quoi, tu comprends ?

— Je comprends, ai-je répondu.

Et, comme elle demeurait silencieuse :

— Allons manger, ai-je dit en me levant.

J'ai ajouté, parvenant enfin à sourire :

— Nous avons tout le temps maintenant.

10

Une semaine a passé, au cours de laquelle nous avons essayé d'apprendre à nous connaître, nous découvrir vraiment. Cela m'a demandé beaucoup d'efforts, et je n'ai sans doute pas accompli la moitié du chemin que Charlotte aurait souhaité me voir franchir. Il y avait trop d'habitudes, de silences autour de moi depuis trop longtemps. Solange s'était immiscée entre nous naturellement, mais ce n'était pas pour me déplaire : j'étais très occupé dans la forêt et je préférais que Charlotte ne reste pas seule en mon absence. Une sorte de complicité s'était rapidement tissée entre les deux femmes qui, en quelque sorte, rendait ma présence moins indispensable. Je rentrais déjeuner à midi, mais je repartais aussitôt. En fait, je m'attardais auprès de ma petite-fille surtout le soir et une partie de la nuit, car elle dormait beaucoup pendant la journée, et elle avait du mal à trouver le sommeil avant une heure du matin.

J'avais compris qu'elle avait peur, qu'elle avait besoin d'une présence, d'une voix, et nous avions pris l'habitude de nous installer, après le dîner, elle allongée sur le canapé comme la première fois, moi assis dans l'un des deux fauteuils qui lui faisaient face. Et là, peu à peu, j'avais réussi à prononcer les mots que j'avais gardés prisonniers si longtemps. D'abord avec lenteur, puis de plus en plus volontiers quand j'avais mesuré à quel point elle en avait besoin, qu'ils formaient pour elle une sorte de rempart à l'abri duquel elle se réfugiait. Lorsque je m'arrêtais, de nouveau repris par mes réticences à parler, à dévoiler ce que je n'avais jamais dit à personne, elle murmurait, comme le premier soir :

— Encore, Bastien, s'il te plaît !

J'avais commencé par lui raconter mon enfance, lui avais expliqué le sortilège des premières fois, la découverte de la forêt, les secrets que l'on frôle, les allers et retours quotidiens vers l'école, les félicitations de ma maîtresse. J'étais premier dans toutes les matières, mais je n'avais aucun mérite car j'apprenais facilement. D'où les espoirs qu'elle avait formés pour moi d'une autre vie, ailleurs, très loin. Quand j'avais eu douze ans, elle était venue voir mes parents pour leur parler de mon avenir. Mon père était d'accord pour me faire poursuivre des études, mais j'avais refusé. La déception de ma maîtresse avait été immense, mais la forêt, les arbres m'avaient envoûté sans doute autant que Justine, que je ne voulais pas abandonner. Je la savais fragile, incapable de se défendre contre ces présences mystérieuses qui peuplaient le plateau et auxquelles elle rêvait d'échapper un jour.

— Alors, en quelle année as-tu quitté l'école? m'a demandé Charlotte.

— En 1942.

— C'était la guerre!

— Oui, mais on n'a vu qu'un soldat allemand, et encore il était blessé. La Résistance s'était organisée tout autour de Servières, mon père l'aidait, la ravitaillait et on se sentait protégés, d'autant qu'on vivait dans la forêt à longueur de journée. Nous n'étions pas nombreux à nous y aventurer, et certainement pas les Allemands. Si bien qu'à la fin de la guerre, en 1945, j'avais quinze ans mais je travaillais déjà avec mon père depuis trois ans.

— Et tu n'as jamais souhaité partir?

— Jamais. Sauf quand j'y ai été obligé.

Je lui avais raconté mes expéditions dans la forêt avec François, le fils Chanteloup, le murmure des branches, la poursuite de la fée Oriande de la légende que nous recherchions inlassablement, nos cachettes secrètes au fond des vallons perdus, nos arcs en bois de houx et nos flèches de noisetier, les points d'eau où se rencontraient hommes et animaux, les nids dans les arbres dont nous guettions l'éclosion, le départ des oiseaux libres qui nous laissaient le cœur battant, perdus, et pour des jours inconsolables; le premier couteau à quatre lames avec lequel je sculptais des statuettes ou des moulins à vent, les batailles de boules de neige dans les hivers interminables, le poêle énorme de la salle de classe dont le tuyau faisait un coude étrange, à angle droit, avant de disparaître au-dehors. Je préférais de beaucoup les jeux de la forêt à ceux de la cour de récréation : ils étaient autrement peuplés, autrement plus intéressants, et les arbres leur conféraient autant de gravité que de mystère.

Je lui avais également parlé de mon père, Aristide, né en 1900 d'un père bûcheron mort à la guerre de 1914, et donc obligé de gagner sa vie très tôt. C'était lui qui avait accompli le pas le plus important : bûcheron dès l'âge de douze ans, il s'était installé à son compte, comme débardeur, à son retour du service militaire, sortant ainsi d'une condition de dépendance pour acquérir un autre statut, devenant peu à peu propriétaire, à la fois de quelques parcelles de forêt et de la maison qu'il m'avait léguée.

Enfin je lui avais parlé des arbres, des chênes et des douglas, des épicéas et des châtaigniers, de la grande patience qu'ils exigeaient des hommes, de leurs efforts toujours vains, de la dernière tempête, catastrophique :

— Tout est par terre, avais-je dit. Le bois ne vaut plus rien et, pourtant, on est obligé de les dégager, sinon on ne pourra pas replanter.

C'est alors que Charlotte avait commencé à s'intéresser à la forêt, à me poser des questions sur ce qui s'était passé le 27 décembre 1999, et je m'étais confié plus facilement, car parler des arbres m'est plus facile que de parler de moi : c'était arrivé un peu avant la nuit, une sorte de houle dont le vacarme était allé grandissant, jusqu'à un mugissement de mer démontée qui semblait avoir empoigné le plateau dans une tempête inimaginable. J'étais sorti sur la terrasse, inquiet du coup de vent qui avait été annoncé, mais j'avais compris qu'il s'agissait de bien autre chose quand les chocs secs, terriblement violents, des branches qui cassent avaient commencé à retentir avec une netteté, une sonorité qui enfonçait un coin terrifiant dans la houle ininterrompue du vent devenu fou. Ensuite, le fracas était devenu plus effrayant encore quand ce ne fut plus seulement les branches qui cassaient, mais les troncs des épicéas et des pins proches de la maison, et cela avait duré une grande partie de la nuit.

Quand j'étais sorti au petit matin, j'avais compris que c'était un véritable désastre, bien plus grave encore qu'en 1982. Seuls les cèdres en bas du chemin avaient résisté, mais ailleurs, partout, ce n'était qu'une immense désolation.

— Ça fait plus d'un an et demi et on n'a pas fini d'évacuer ce bois qui ne vaut plus rien, tant il y en a sur le marché, avais-je précisé. On le stocke au bord des routes en attendant.

— Peut-être pourrais-tu le laisser où il est, le temps que les prix remontent, avait suggéré Charlotte.

— Il pourrit, la maladie et la vermine s'y sont mises très vite. Et puis on est obligé de l'enlever si on veut replanter.

Charlotte avait laissé un long moment s'écouler, comme si elle réfléchissait à ce qu'elle venait d'entendre, puis elle avait demandé doucement :

— Replanter pour qui, Bastien ?

Je n'avais pas répondu et j'avais senti les traits de mon visage se durcir sous la contrariété. Mais elle ne s'en était pas rendu compte et elle avait fermé les yeux en disant, d'une voix qui m'avait soudainement rappelé celle de Jeanne :

— Demain, si tu veux bien, Bastien, j'aimerais que tu m'emmènes avec toi dans la forêt.

Et, avant que je réponde quoi que ce soit, dans un soupir elle s'était endormie.

11

Je l'avais laissée sur le canapé, mais je n'étais pas allé dormir. Je n'avais pas sommeil. La question posée par Charlotte ne cessait de tourner dans mon esprit, tandis que, assis à mon bureau, je parcourais les lettres et les factures qui s'étaient accumulées. « Replanter pour qui ? » Je ne m'étais jamais vraiment posé cette question car, pour moi, tous ceux qui avaient vécu ici, d'une certaine manière, étaient encore là. Mon père, ma mère, ma sœur, ma femme, et même Jeanne, ma fille qui vivait pourtant aux États-Unis. Je m'étais mis à récapituler dans mon esprit toutes ces disparitions auxquelles, si longtemps après, j'avais du mal à croire. À commencer par celle de Justine, la première, la plus douloureuse peut-être. Mais je n'avais pu pénétrer vraiment dans mes souvenirs car la question de Charlotte revenait dans mon esprit fatigué à cette heure tardive de la nuit : « Replanter pour qui, Bastien ? »

J'étais furieux qu'elle eût posé une question pareille. Elle n'avait pas de sens : de toute façon on ne plantait jamais pour soi, mais pour ses enfants ou ses petits-enfants. Depuis l'âge de quarante ans, j'avais planté en sachant que je ne couperais pas mes arbres, il n'y avait donc rien de neuf aujourd'hui. D'ailleurs, je savais très bien que mes enfants et mes petits-enfants ne reviendraient jamais vivre sur le plateau. Et j'avais replanté quand même sans me poser cette question. Planter pour qui ? Pour quoi ? Je plantais pour la forêt, parce que c'était nécessaire, parce que l'on ne pouvait pas vivre sans arbres, parce que j'en avais moi-même besoin, parce que si l'on coupait, il fallait replanter, c'était une obligation, sans quoi on ne pouvait pas couper, on n'avait pas le droit d'attenter à une si grande patience, une telle œuvre, une telle force combattue aujourd'hui avec des moyens déloyaux, un tel espoir en l'avenir, un travail sans récompense, gratuit, une telle beauté, de tels mystères inconnus à tant d'hommes et de femmes qui n'avaient jamais observé un arbre.

J'ai fini par m'apaiser en comprenant que si je ne m'étais jamais posé cette question, c'est parce que les réponses étaient pour moi évidentes et que je n'avais pas à les donner à qui que ce fût. Tout cela m'appartenait. Pour que quelqu'un comprenne vraiment, il aurait fallu qu'il vive là pendant des années, sinon c'était impossible de sentir vibrer les arbres, les entendre souffrir, se plaindre ou se réjouir sous les pluies fines du printemps ou de l'automne. C'était impossible d'apprivoiser ces géants qui tenaient entre eux des conciliabules que moi-même, malgré mon expérience, j'avais encore du mal à déchiffrer. Impossible de savoir pourquoi ils préféraient un terrain à un autre, pourquoi ils se refusaient parfois à pousser, pourquoi l'un d'entre eux mourait quand tous les autres, autour, proliféraient ; pourquoi, au contraire, d'autres recépaient, renaissaient à partir de rien, s'envolaient de nouveau vers le ciel.

Enfin rasséréné, je suis allé me coucher et je me suis endormi après une dernière pensée pour Charlotte dans la chambre voisine, mais ma colère envers elle était retombée.

Le lendemain matin, j'ai hésité à la réveiller, mais je l'ai entendue se lever alors que je déjeunais dans la cuisine. En l'apercevant dans l'encadrement de la porte, toujours dans sa tenue de la veille et avec sa casquette sur la tête, j'ai compris qu'elle faisait un immense effort pour être debout si tôt et je lui ai proposé de l'emmener seulement en début d'après-midi.

— Non ! Comme toi. Ce matin, a-t-elle répondu. Je serai vite prête. Laisse-moi seulement dix minutes.

Elle a disparu dans la salle de bains beaucoup plus que les dix minutes annoncées, et, pendant ce temps, je lui ai préparé une tartine de pain grillé et du café. Mais quand elle est apparue, vêtue d'un pantalon et d'un chandail jaune, elle n'a pas voulu manger et m'a dit :

— Je ne peux pas le matin.

— Il faut manger, sinon tu ne tiendras pas jusqu'à midi.

Elle s'est assise de mauvaise grâce, a grignoté un peu de pain, mais sans conviction.

— Je l'emporte avec moi, a-t-elle dit. Je mangerai la tartine dans la forêt. Je suis sûre que la marche va m'ouvrir l'appétit.

Je l'ai précédée jusqu'à un placard situé sous l'escalier et j'en ai extrait deux bottes de couleur brune.

— Enfile ça !

Et je suis sorti sans attendre Charlotte qui s'est assise sur la deuxième marche pour se chausser. Pourtant, quand elle s'est approchée du Range, je lui ai jeté un bref regard qui m'a saisi : ces bottes étaient celles de Louise. Je n'avais jamais pu m'en séparer, mais n'avais jamais songé que quelqu'un peut-être un jour, de nouveau, les porterait. Charlotte n'a rien remarqué de mon trouble, et elle s'est installée auprès de moi comme si elle en avait l'habitude depuis toujours. Elle ne paraissait pas souffrir, souriait, tandis que je montais vers la route, dans la lumière neuve de la fin du mois de mai, dont les éclats passaient à travers les branches hautes des arbres, déjà chauds malgré l'heure, et que le ciel, aperçu entre deux trouées, semblait d'une limpidité étrange, comme lavé par la rosée de la nuit.

Deux kilomètres après Servières, j'ai arrêté le Range sur le bas-côté, près d'un énorme amoncellement de grumes qui empiétait sur la route. Une fois le moteur stoppé, j'ai dit à Charlotte :

— Viens ! Je vais te montrer quelque chose.

Je suis descendu et me suis approché de l'extrémité d'une grume qui avait été un pin sylvestre magnifique et je l'ai désignée à Charlotte en disant :

— C'est mon père qui les avait plantés.

— Quel âge ont-ils ? a-t-elle demandé.

— C'est facile de le savoir. Tu ne te souviens pas ?

Je pensais lui avoir expliqué comment connaître l'âge d'un arbre, mais ce devait être à Jeanne, ou alors elle avait oublié.

— Regarde ces lignes circulaires sur la base du fût. C'est simple : elles correspondent à une année de croissance. Il suffit donc de les compter pour connaître son âge de façon précise.

Et j'ai dénombré, devant elle, les côtes de l'arbre, qui, vers l'écorce, apparaissaient plus serrées que vers le cœur.

— Cinquante-cinq, ai-je dit. Mon père les a plantés juste après la guerre, en 1946, donc, puisque nous sommes en 2001.

Charlotte a hoché la tête d'un air attentif.

— Et ces lignes, là, à cet endroit, pourquoi apparaissent-elles si serrées ? a-t-elle demandé.

— Parce que c'est un arbre qui a souffert. On a éclairci trop tard. Il manquait de lumière.

J'ai approché de nouveau ma main, j'ai compté les lignes les plus serrées et je me suis

arrêté à l'endroit où, brusquement, elles s'élar-
gissaient.

— On a éclairci quand ils avaient vingt ans, et
il aurait fallu le faire dix ans plus tôt. Ils étaient
trop serrés. Ils ont souffert.

Et j'ai ajouté, me tournant vers elle :

— Après, tu vois, ils ont mieux respiré et ils
ont grandi plus vite.

— Et pourquoi ne pas avoir éclairci avant ? a
demandé Charlotte.

J'ai répondu du bout des lèvres :

— On n'aime pas couper. C'est comme ça.

Tandis que je demeurais immobile, comme
absorbé par mes pensées, Charlotte a murmuré :

— Je ne savais pas que les arbres pouvaient
souffrir.

J'ai fait demi-tour vers le Range et j'ai dit, sans
la regarder :

— Comme les humains.

Pensive, elle s'est installée de nouveau à mes
côtés, puis elle a demandé :

— Ils vont rester longtemps au bord de cette
route ?

— Personne n'en veut. Il y a du bois partout.
On n'arrive pas à vendre.

Au bout d'un kilomètre, j'ai tourné à angle
droit pour prendre une piste qui avait été net-
toyée depuis peu, mais plus nous avancions et
plus il y avait d'arbres cassés de part et d'autre.

— Des douglas, ai-je dit. Ils avaient trente
ans.

Cinq cents mètres plus loin, j'ai arrêté le Range en disant :

— Il faut continuer à pied. Tu pourras ?

— Bien sûr.

Nous nous sommes engagés dans une sente qui se faufilait entre des volis où les arbres paraissaient déchiquetés. Charlotte semblait frappée de stupeur alors que je vivais avec ce désastre depuis dix-huit mois et que j'avais appris à m'en accommoder. Tout en marchant, je lui montrais les parcelles en lui donnant la date de plantation, mais devant ce chaos d'arbres arrachés, déchiquetés, elle commençait à comprendre vraiment ce qui s'était passé dans la nuit du 27 décembre 1999, et ce que tout cela signifiait pour les forestiers : tant d'espoir, tant de travail anéanti pour de longues années et, cependant, ils continuaient, ils la soignaient cette forêt malade, souffrante, si cruellement frappée.

Les chocs violents de la Timber Jack qui venait d'entrer en action cinquante mètres plus loin l'ont tellement surprise qu'elle s'est arrêtée brusquement. Je ne m'en suis pas rendu compte sur le moment et j'ai continué d'avancer, à mon pas habituel, vers le chantier où m'attendaient les hommes. Elle s'était arrêtée à l'instant même où les ébranchages de l'acier faisaient éclater le bois qui crépitait en volant à droite et à gauche comme des projectiles vengeurs, retentissant dans la forêt avec une sonorité aiguë, douloureuse, mortelle.

Quand je me suis retourné, j'ai aperçu Charlotte dix mètres en arrière. Immobile, légèrement voûtée, elle tenait ses deux poings plaqués sur sa bouche, comme pour s'empêcher de crier. Je suis vite revenu sur mes pas et je l'ai prise par le bras en demandant :

— Qu'est-ce qu'il y a ? Ça ne va pas ?

— S'il te plaît, ramène-moi, a-t-elle murmuré.

Malgré les forestiers qui s'approchaient, je suis reparti vers le Range en marchant plus vite cette fois, sans poser d'autres questions et tenant toujours le bras de Charlotte. Puis je l'ai aidée à monter sur le siège avant et j'ai tourné la tête vers elle : elle était pâle, très pâle, et tremblait. Je n'ai pas pu dire un mot. J'ai démarré aussitôt, gagné rapidement la route, et pris la direction de Servières où nous sommes arrivés dix minutes plus tard. Là, j'ai aidé Charlotte à descendre, mais elle était un peu moins pâle à présent. Elle a tenté de sourire en disant :

— Ça va mieux, ne t'inquiète pas. Je vais m'allonger quelques minutes et tout ira bien.

Et, comme j'hésitais à la laisser seule :

— Tu peux repartir, ce n'est rien.

Puis, comme je l'observais sans esquisser un pas :

— Je te jure, Bastien, tout va bien.

J'ai feint de la croire et je suis reparti, mais au moment de remonter dans le Range, quelque chose m'a retenu, m'empêchant de m'en aller. C'était le regret de n'avoir pas trouvé les mots, encore une fois, alors que j'avais parfaitement compris les raisons de son malaise : la violence du fer sur les arbres l'avait fait penser à celle qui menaçait sa jambe. J'ai senti alors à quel point cette idée était présente en elle, insupportable, et j'ai été sur le point de revenir dans la maison, mais pour quoi faire ou quoi dire ? M'excuser de l'avoir conduite sur le chantier ? C'était elle qui me l'avait demandé. Je m'en voulais cependant, car je savais qu'elle n'oublierait pas de sitôt ce qu'elle avait vu, entendu, éprouvé au plus profond d'elle-même.

J'ai fini par repartir mais je suis passé chez Solange pour lui demander d'aller veiller sur Charlotte jusqu'à midi.

— Qu'est-ce qui se passe ? a-t-elle demandé devant mon air inquiet.

— Elle n'est pas bien.

— De toute façon j'étais sur le point d'y aller. Il faut bien que je prépare le repas, non ?

Je n'ai pas répondu mais je suis parti un peu rassuré. Une fois sur le chantier, les forestiers n'ont pas manifesté le moindre étonnement de m'avoir vu en compagnie d'une jeune femme et se sont gardés de poser la moindre question. Ils sont en cela fidèles à la tradition de silence et de retenue des hommes du plateau, et ce n'est pas pour me déplaire.

J'ai donné mes instructions à Étienne, examiné les arbres coupés en soupirant. Sans la tempête, ils auraient été magnifiques : pas le moindre défaut,

pas la moindre ligne de souffrance, une homogénéité extraordinaire, des fûts bien droits, mais
trop jeunes, qui, si je parvenais à les vendre, fini-
raient seulement en caisserie ou en pâte à papier
alors qu'ils méritaient de servir en charpente,
dans la noble ossature d'une grande maison. J'ai
senti la colère se lever de nouveau en moi, mais
je savais qu'elle n'était pas due aux arbres : j'étais
furieux de n'avoir pas su éviter à Charlotte une
souffrance qu'elle n'était sans doute pas près
d'oublier.

12

À midi, quand je suis revenu, elle riait avec
Solange et paraissait calme. J'en ai été tellement soulagé que j'ai demandé à Solange de
rester avec nous pour le repas qui a été gai,
enjoué. J'ai constaté une fois de plus avec plaisir
qu'elles s'entendaient bien et je n'en ai pas été
vraiment étonné, ni même contrarié le moins du
monde : il me semblait que j'étais impuissant à
aider Charlotte comme je l'aurais dû, alors que
Solange trouvait naturellement les mots, par-
tageait déjà avec elle ce qui semblait être une
complicité.

Quand le repas a été terminé, Charlotte a
deviné que j'hésitais à repartir et elle a essayé de
me convaincre :

— Ne t'inquiète pas, je vais travailler.

— Travailler ?

— J'ai apporté mon ordinateur portable. Tu
ne l'as pas vu parce qu'il rentre dans un sac. Il est
tout petit.

— Et moi je reste là, a dit Solange, je veux voir
comment ça marche.

Je suis donc reparti, non pas sur le chantier, mais en direction d'Aiglemons où devait se tenir une réunion, à la mairie, au sujet de la commercialisation du bois dont les prix baissaient de jour en jour. Tout en roulant, je me suis demandé si je serais capable de me mettre à l'informatique, moi qui m'y étais toujours refusé. Je ne doutais pas de mes capacités, mais je n'avais jamais voulu franchir le pas, me contentant de confier ma comptabilité à un expert de la ville. Sans doute parce que je n'avais jamais accepté tout ce qui contrariait mes habitudes, et que ces nouvelles méthodes de fonctionnement m'apparaissaient superflues. La preuve : je n'avais jamais rencontré la moindre difficulté avec l'administration et mon entreprise avait toujours été rentable. À quoi m'aurait servi de changer ? J'ai toujours su quelle route prendre et je n'ai jamais accepté la moindre influence extérieure, ayant fait mien définitivement le précepte, que répétait souvent mon père, selon lequel « la lanterne des autres ne sert qu'à nous égarer ».

Et cela avait commencé avec Justine, quand, à douze ans, j'avais refusé de partir au collège, d'entreprendre des études qui m'auraient fait quitter le plateau, jusque dans les villes lointaines. Elle n'avait eu de cesse de me convaincre : chaque soir elle était venue dans ma chambre m'expliquer quelle chance c'était que de vivre ailleurs, de découvrir d'autres lieux, d'autres gens ; elle m'avait supplié d'accepter la proposition de nos parents, me montrant qu'elle n'avait pas eu cette chance, elle, qui avait dû rester pour aider notre mère, notre père ayant décrété qu'une fille n'avait pas besoin d'instruction pour s'occuper d'une maison, tenir un foyer, élever des enfants. Mais j'avais tenu bon : j'en savais assez pour vivre dans la forêt, parmi les arbres, percer les mystères de ce monde plein d'ombres, de secrets et de sortilèges, le seul endroit qui me paraissait apte à me rendre heureux.

J'étais donc resté et j'avais commencé à suivre mon père, d'abord dans les éclaircies qui étaient moins dangereuses que les coupes des arbres adultes. Rien ne m'avait rebuté, ni la violence des chocs, ni le froid de l'hiver, ni la rudesse de mon père qui ne me ménageait pas, ni le silence des forestiers qui semblaient ne pas me voir, tout entiers absorbés qu'ils étaient par leur tâche, et dont les quelques mots étaient des réponses données d'une voix rogue, sans jamais la moindre émotion.

Même le premier accident grave ne m'avait pas découragé : ce devait être au printemps de l'année de mes treize ans. Il y avait encore de la neige dans les coupes de hêtres, et le gel de la nuit l'avait figée pour la matinée. Jusque sous le couvert des arbres une lumière cristalline, aveuglante, jaillissait, comme l'eau d'un étang pris par les glaces. Il faisait moins deux ou moins trois degrés quand l'arbre, un géant de cinquante mètres, avait commencé à craquer sous les derniers coups de la hache, puis à s'incliner inexorablement. Un homme, au milieu, avait mal apprécié la trajectoire et, quand il s'était aperçu qu'il se trouvait dessous, avait esquissé les gestes appris depuis toujours, mais il avait glissé sur la neige gelée et, le sol étant en pente, il n'avait pu se sauver à temps : l'arbre s'était abattu sur lui dans un bruit effrayant. Le forestier n'avait pas crié. Personne n'avait crié, du reste, c'est ce qui m'avait le plus surpris.

On avait ramené le corps du forestier dans le gazogène de mon père. Heureusement, il était célibataire, il n'avait pas de famille et vivait dans une masure du hameau de Moulières, à trois kilomètres de Servières. Mon père s'était occupé des formalités, j'avais assisté aux obsèques en sa compagnie, puis tout le monde avait repris le travail dès le lendemain comme si de rien n'était. Toujours dans le silence, l'application têtue, animale, bercée par la houle des grands arbres, leurs soupirs, leurs plaintes, leurs ronronnements de plaisir à la moindre eau venue du ciel.

Je rentrais ivre chaque soir de leur parfum, de leurs caresses, de la pénombre des couverts comme de la lumière d'or des clairières. Je mangeais rapidement puis m'écroulais sur mon lit jusqu'au matin, rêvant de faîtes balancés par le vent, de silhouettes entraperçues entre les frondaisons, d'appels étranges dans l'ombre, auxquels, dès que mon père s'éloignait, je répondais, le cœur battant, à la poursuite de Bayard, le cheval de Renaud, de Maugis l'enchanteur, du Cavalier noir ou de la fée Oriande…

Les voitures arrêtées devant la mairie m'ont tiré brusquement – désagréablement – de mes songes. Je n'attendais rien de cette réunion : il y en avait eu déjà deux qui n'avaient servi qu'à constater le désastre et n'avaient apporté aucune solution. Et pourtant le préfet s'était déplacé, comme à chaque fois, avec tous les représentants de l'État dans le département : ceux de la chambre de commerce, de l'Office national des forêts, tous ceux qui étaient concernés ou vivaient de la filière bois. De mauvaise humeur, j'ai serré des mains négligemment, puis je me suis assis et j'ai écouté les mêmes discours qui trahissaient la même impuissance : il fallait couper et stocker jusque dans la cour des gares, ou dans les espaces hâtivement aménagés par la Direction départementale de l'Équipement. L'essentiel était de sauver le bois couché, débarrasser la forêt pour replanter un jour. Quand ? Nul ne pouvait le dire. Pour le reste, on ne pouvait que patienter, espérer que les prix remonteraient le plus vite possible, dès que les énormes stocks accumulés au bord des routes seraient écoulés. Mais cela prendrait peut-être deux ans, ou trois, ou cinq, ou dix, nul ne savait. On venait de lancer une étude à ce sujet, les résultats tomberaient dans trois mois.

Je suis parti avant la fin par une porte latérale et j'ai roulé vers Servières sans la moindre illusion sur ce qui m'attendait. Je n'avais d'ailleurs jamais rien attendu de personne. La seule chose qui me préoccupait, c'était de pouvoir replanter. Et donc, il n'y avait pas d'autre solution que d'acheminer le bois en dehors de la forêt, même si je ne le vendais pas. J'ai décidé que je n'assisterais plus à ce genre de réunion et je me suis senti soulagé, comme si je venais d'échapper à une nouvelle menace, et mes pensées, libérées, ont dérivé de nouveau vers le temps où je n'étais pas seul sur cette route, mais près de mon père.

Ainsi, là, sur la droite, sous ce chêne, en 1944, nous avions aperçu un soldat allemand couché, et qui, à notre passage, avait levé un bras comme pour nous appeler au secours. Mon père n'avait pas hésité et, malgré le danger, il avait arrêté le camion un peu plus loin. Il était descendu, non sans me recommander de ne pas bouger. Mais je n'avais pu laisser mon père seul et j'étais descendu aussi, je l'avais rejoint sous le chêne où, près du soldat en uniforme, une mitraillette était posée sur la mousse, bien visible. Nous étions restés un moment à deux pas du soldat, jeune, très jeune, qui comprimait de ses deux mains son ventre où le sang avait dessiné une large auréole sombre qui s'étendait jusqu'en haut de ses jambes. Mon regard allait de la mitraillette aux mains du soldat, puis des mains à l'arme, très rapidement, et je me demandais à quel moment elles allaient s'en saisir. J'avais croisé le regard du soldat, d'un bleu d'acier, mais ses paupières s'étaient fermées sous l'effet de la douleur et, quand elles s'étaient relevées, l'éclat s'était terni, les yeux s'étaient mouillés. Aucun mot ne sortait de la bouche crispée, pas davantage de celle de mon père qui réfléchissait, ne savait quelle attitude adopter.

Enfin, au terme d'une longue réflexion, il avait fait un pas vers le soldat, s'était penché, s'était saisi de l'arme et redressé. Une lueur d'affolement était née dans les yeux du blessé qui avait cru qu'il allait mourir. Il avait refermé les yeux, et une larme avait glissé sur sa joue droite, était venue s'arrêter à la commissure des lèvres. Il avait essayé de parler mais vainement. Comme j'avais entendu mon père discourir avec violence au sujet des Allemands, de ce fou d'Hitler, de son père mort à la guerre de 1914, j'ai pensé qu'il allait tirer. J'ai reculé d'un pas, retenu mon souffle, mais, à ma grande surprise, aucune rafale n'a retenti.

— Reste ici, m'a-t-il dit. Ne bouge pas.

Emportant la mitraillette, il s'est dirigé vers le camion, y est monté et, après avoir démarré, il a reculé jusqu'au chêne. Quand il est descendu, il ne tenait plus la mitraillette.

— Aide-moi ! m'a-t-il dit de nouveau.

Il s'est approché du soldat, dont le regard, maintenant, ne trahissait plus la moindre peur, il l'a pris par une épaule et a tenté de le relever, provoquant un gémissement qui a fait perler des gouttes de sueur sur le front du blessé. J'avais hésité à saisir le bras d'un homme qui était un ennemi détesté, redouté depuis des années, un soldat venu d'un pays dont on disait que les hommes étaient des barbares capables des pires atrocités. Quand j'ai pris le bras de l'homme enfin debout, je ne l'ai pas senti différent de celui de mon père et j'en ai été étonné : c'était la même chaleur, la même force, et la voix était bien celle d'un homme comme j'en connaissais ici, sur le plateau, alors que je m'étais attendu à une voix d'ogre, peut-être, en tout cas à quelque chose de bien différent, de redoutable, d'inconnu.

— Merci ! a-t-elle dit avant de s'éteindre dans une plainte étrange, à la fois celle d'un adulte et celle d'un enfant.

Nous avons eu beaucoup de difficultés à le hisser sur la plate-forme arrière du camion, qui était très haute, et, quand nous y sommes parvenus, mon père a recouvert le soldat d'une bâche tout en lui recommandant de ne pas bouger. Puis nous sommes partis, et je me suis demandé si mon père allait le livrer au chef de la Résistance – un homme maigre et dur, aux mâchoires saillantes, vêtu d'une canadienne et de bottes cirées, qui se faisait appeler le commandant et venait souvent à Servières – ou le conduire ailleurs. Mais je n'aurais jamais imaginé que mon père emmènerait le blessé dans sa propre maison et, de surcroît, pour le soigner. Tout cela était incompréhensible, et c'est pourtant ce qu'il advint, ce jour-là, à ma grande stupéfaction, à celle de ma mère et de ma sœur terrorisées par la présence d'un ennemi à quelques mètres d'elles.

Mon père a installé le blessé dans le hangar à bois, sur une paillasse et, dès le premier soir, inexplicablement, s'est mis à le soigner. Mais la blessure était très grave et l'état du soldat ne s'est pas amélioré, au contraire. Alors Aristide n'a pas hésité : il a fait appel au médecin d'Aiglemons qui a prodigué des soins un peu plus efficaces, tout en le mettant en garde sur la gravité de son initiative. Le pire est arrivé quelques jours plus tard, quand on a appris les massacres de Tulle et d'Oradour. Mon père en a perdu la parole et, rongé par un débat intérieur qui ne le laissait pas en repos, il s'est mis à errer jour et nuit autour du hangar, obsédé par cet homme qu'il avait recueilli mais dont les semblables avaient été coupables de telles atrocités. Sans doute songeait-il à le tuer de ses propres mains ou, plus simplement, à le livrer à la Résistance qui, en cette période si dangereuse, l'aurait supprimé aussitôt. Justine est intervenue en faveur du blessé, a aidé à le soigner, lui prodiguant les soins recommandés par le médecin. J'allais moi aussi le voir de temps en temps et ne trouvais qu'un homme à bout de forces et de douleur, non pas un assassin capable de torturer et d'assassiner des innocents.

Des éclairs de folie se sont mis à passer dans les yeux de mon père. Il faisait peur, surtout pendant les repas, alors qu'il se parlait à mi-voix, devant sa femme et ses enfants terrifiés, incapables, eux aussi, de prononcer le moindre mot, de crainte d'attiser le feu des remords et la nécessité d'une résolution devenue de jour en jour plus évidente. Heureusement – si je puis dire –, le soldat allemand est mort un soir, dans la chaleur épaisse de la fin juin, mettant un terme au dilemme qui obsédait Aristide, mais au grand chagrin de Justine. Alors, il n'a pas hésité une seconde : dès la nuit tombée, il a chargé le soldat sur le camion et, toujours avec mon aide, il l'a ramené où il l'avait trouvé. Personne n'en a jamais plus parlé, et mon père a retrouvé en quelques heures une apparence humaine : sa conscience lui avait ordonné de soigner un homme blessé, mais il n'avait pas pour autant trahi la Résistance avec laquelle il travaillait, puisque la présence du soldat n'avait eu aucune conséquence sur le sort des populations, ni sur le destin d'une guerre où la barbarie venait si cruellement de se manifester.

Voilà quel homme était mon père, ce colosse auprès duquel je grandissais, en apprenant de lui, tous les jours, les secrets des arbres ou de la vie. Mais de la vie, on ne finit jamais d'apprendre : je le vérifiais encore avec la présence de ma petite-fille auprès de moi, une présence qui m'avait surpris, et à laquelle je ne m'habituais pas. Je croyais en avoir fini avec la souffrance des autres, depuis la mort de Louise. J'aurais préféré subir ma propre souffrance, que la maladie fût en moi et non dans une jeune femme qui ne la méritait pas. Tout en conduisant, j'imaginais les mots que j'aurais dû dire, que j'aurais aimé pouvoir prononcer : « Donne-moi ton mal. » Mais c'était impossible.

Et cependant, j'aurais volontiers accepté de me charger de la maladie et de la douleur, je me sentais assez fort pour cela.

Tout en approchant de Servières, je me persuadais que c'était mon rôle, mon devoir, et cette pensée me faisait du bien. Délivrer ceux qu'on aime de la maladie est sans doute ce qui peut arriver de meilleur à un homme au cours de sa vie. Et je savais qu'en pensant cela, je ne me faisais pas de fausse promesse, ne cherchais pas à jouer avec une idée secourable. Non. J'étais capable de ça, j'en aurais été heureux, mais je savais aussi que je n'en ferais jamais l'aveu à Charlotte, parce qu'il y a des choses qu'on ne peut pas dire, parce que les mots essentiels étaient toujours demeurés en moi, et qu'il était trop tard pour apprendre à les prononcer.

13

Ce soir-là, Charlotte s'est montrée exagérément gaie, comme si elle avait voulu me faire oublier ce qui s'était passé le matin. Elle avait compris ce que j'avais ressenti et que je m'en voulais de n'avoir pas su lui éviter la violence des dents d'acier de la machine sur les arbres martyrisés. Mais elle n'est pas revenue sur l'incident. Elle m'a seulement parlé de Solange, m'a demandé si elle avait vraiment des dons aussi importants qu'elle le prétendait.

— Elle enlève le feu, ai-je répondu.

— Tu l'as vu ?

— Oui, un jour que ta mère s'était brûlée, quand elle avait dix ans.

— Elle pose les mains sur la peau ou elle les garde au-dessus ? a insisté Charlotte.

— Sur la plaie, et ensuite elle va se délivrer du feu sur les arbres.

— Sur les arbres ?

— Oui. Elle leur donne le feu qu'elle a pris en appliquant ses mains bien à plat sur l'écorce d'un chêne.

— Pourquoi un chêne ?

— Elle prétend qu'elle blesserait n'importe quel autre arbre, qu'il en mourrait. Et c'est vrai que l'écorce en porte la marque pendant des mois.

Je me suis tu brusquement, craignant d'en avoir trop dit. Je me demandais tout à coup si Charlotte, dans sa détresse, n'allait pas imaginer que Solange allait pouvoir la soigner, comme ces gens condamnés qui sont prêts à tout et vont voir des guérisseurs qui leur promettent l'impossible. Charlotte a deviné ces pensées :

— Ne t'inquiète pas, a-t-elle dit.

Et elle a ajouté en haussant les épaules :

— C'est étrange, c'est tout.

Nous nous trouvions de nouveau dans la salle de séjour, comme nous en avions pris l'habitude chaque soir, tandis que la nuit chaude de juin fraîchissait enfin, en apportant le parfum de la résine, des feuilles et des aiguilles délivrées de la morsure du soleil.

— Il fait bon, a dit Charlotte.

— Même en cette saison il fait meilleur qu'en bas, dans les plaines. Ici, on ne souffre pas vraiment de la chaleur.

Nous n'avions pas allumé de lampe, et seule la lueur de la lune glissait entre nous jusqu'à la bibliothèque, si bien que nous ne discernions pas clairement nos traits, que nos regards ne pouvaient se croiser. C'est sans doute cette ombre complice qui a poussé Charlotte à cette confidence :

— J'ai peur, Bastien.

J'ai senti une pince géante se refermer sur ma poitrine, car je me suis demandé si elle n'était pas encore plus gravement malade qu'elle ne me l'avait confié. Peut-être était-elle venue mourir chez moi. Cette pensée douloureuse m'a fait me redresser et j'ai assuré d'une voix la plus ferme possible :

— Je t'ai déjà dit que tu guérirais.

— Je sais, Bastien, mais ça n'empêche pas.

Et, comme je demeurais figé, incapable d'ajouter quoi que ce soit :

— Est-ce qu'il y a une vie après ?

— Après quoi ?

— Après la mort.

J'ai laissé passer de longues secondes, prenant sur moi pour ne pas me lever et quitter la pièce. C'est incroyable ce que les jeunes d'aujourd'hui sont capables de poser comme questions ! Les avais-je jamais posées, moi, à mon père ou à ma mère ? Je m'en étais bien gardé. Je n'aurais jamais osé. Mais je sentais à quel point ma petite-fille avait peur, combien elle se sentait seule dans l'épreuve, et de nouveau la colère enflait en moi, me submergeait. Non pas contre elle, mais, une fois de plus, contre le sort injuste qui lui était fait.

J'ai marché jusqu'à la porte-fenêtre d'où j'ai observé un moment les cèdres dont le faîte se balançait doucement dans le vent de la nuit. Je suis resté là plus d'une minute, sentant Charlotte tendue derrière moi, puis, quand j'ai eu repris un peu d'empire sur moi-même, je suis revenu m'asseoir et j'ai dit :

— Je ne sais pas.

Mais j'ai ajouté aussitôt, pour ne pas la laisser seule sur ce quai d'où elle appelait au secours :

— Après les tempêtes, il y a toujours une régénération naturelle, au moins pour les feuillus. En ce qui concerne les résineux, on peut replanter.

Puis j'ai repris, étonné d'avoir pu prononcer ces mots-là :

— Le cœur des forêts ne cesse jamais de battre. Je suppose que pour les hommes et les femmes ça doit être pareil.

Charlotte a souri, puis :

— Est-ce que tu as commencé à replanter, Bastien ? a-t-elle demandé.

— Non. Je n'ai pas eu le temps, mais je compte bien m'y mettre dès le printemps prochain.

J'ai hésité un instant, puis j'ai repris :

— Tu m'aideras ?

Charlotte a paru surprise par cette question qui envisageait l'avenir sous un jour nouveau pour elle et qui, en même temps, portait un espoir.

— Si je suis là, je t'aiderai, a-t-elle répondu.

Nous n'avons plus rien trouvé à dire. Cet accord, scellé à l'improviste, soudain nous suffisait : il y avait là comme un lien supplémentaire tissé entre nous, une promesse de vie future, non de malheur. L'air du salon m'a paru plus léger, enfin débarrassé de la chaleur du jour. Notre silence a duré longtemps, et il m'a même semblé que Charlotte s'était endormie. Je m'apprêtais à m'en aller quand elle a demandé, d'une voix qui me parut apaisée, presque heureuse :

— Parle-moi de Justine, s'il te plaît.

— Je ne crois pas que ce soit une bonne idée.

— Alors parle-moi de ma mère.

J'ai rassemblé mes souvenirs et j'ai commencé, non sans une émotion que je tâchais de dissimuler :

— Avec Louise, on a compris très tôt qu'elle n'était pas comme tout le monde. Enfin, je veux dire, qu'elle ne ressemblerait jamais aux gens de chez nous.

Je me suis arrêté aussitôt en me demandant s'il fallait bien se lancer dans de telles confidences, mais j'ai perçu une grande attention dans les yeux brillants de Charlotte qui venait de se redresser face à moi.

— Elle faisait peur à la maîtresse d'école, à cause des questions qu'elle lui posait. Des questions auxquelles, évidemment, il n'y avait pas de réponse.

— Par exemple ?

— Je ne me souviens pas exactement, mais c'était du genre : « pourquoi la terre tourne autour du soleil ? » Ou bien : « quel âge a l'étoile du Berger ? », « qu'y avait-il avant le monde qu'on connaît ? » Et elle n'avait pas dix ans. L'institutrice devenait folle. Elle venait régulièrement nous rendre visite à Servières, on essayait de la rassurer comme on pouvait. C'était une jeune, qui avait fait l'École normale et avait déjà enseigné, mais elle prétendait qu'elle n'avait jamais vu une enfant pareille. Aujourd'hui, on dirait que ta mère était une surdouée.

— Et avec vous, comment se comportait-elle ?

— Normalement. Mais elle ne parlait pas beaucoup. On avait toujours l'impression qu'elle était ailleurs.

— Toi non plus, Bastien, tu ne parlais pas beaucoup.

— Oui, c'est vrai.

— Heureusement, il y avait Louise.

— Oui, heureusement, sans quoi, moi, tout seul, j'aurais été bien embarrassé par une fille pareille. Surtout quand il a fallu prendre une décision sur son avenir quand elle a eu douze ans.

— Une décision, si tôt ?

— Oui : la garder avec nous ou l'envoyer en pension pour qu'elle poursuive des études.

— Et vous avez choisi la pension.

— Ta grand-mère, surtout. Moi, j'aurais préféré qu'elle reste ici, près de nous.

— Mais tu ne t'y es pas opposé.

— Non. Je savais bien que Jeanne avait beaucoup de qualités, qu'il fallait qu'elle s'en aille. Mais ça a été difficile de la voir nous quitter.

Je me suis tu un instant en revivant ces heures-là, puis j'ai repris de moi-même :

— Je me souviens du jour où on l'a emmenée en ville et du moment où nous l'avons laissée dans une grande cour où elle paraissait si petite, la pauvre. Mais elle ne pleurait pas. D'ailleurs, elle ne pleurait jamais…

— C'est vrai que je ne l'ai jamais vue pleurer, fit Charlotte.

Et elle a ajouté :

— Je voudrais être forte comme elle.

— Tu l'es, mais tu ne le sais pas encore.

Le silence est revenu, Charlotte réfléchissant à ce qu'elle venait d'entendre. Puis elle a murmuré :

— Je voudrais tant que tu aies raison.

— J'ai raison, tu verras. Tu franchiras les obstacles, comme elle. D'ailleurs, tu l'as déjà fait.

— Quand ?

— Les études. Tu es arrivée très vite au bout, comme elle. À dix-sept ans, elle avait le baccalauréat, et elle s'est éloignée davantage, pour aller à Clermont-Ferrand. Trois ans après, c'était Paris.

— Et aujourd'hui les États-Unis.

— Est-ce qu'elle t'a téléphoné, au moins ?

— Oui. Mais aujourd'hui, tu sais, on n'a pas besoin de téléphoner. On peut communiquer sur Internet.

— C'est ce que tu fais ?

— Oui. Avec mon ordinateur portable. Je te montrerai, si tu veux. On y trouve aussi de la documentation sur les arbres.

Je n'ai pas répondu. Comme chaque fois, je ressentais cette apparition de la modernité dans ma maison comme une menace.

— J'ai commencé à les étudier, reprit Charlotte. Les douglas, les grandis, les mélèzes, je les connais maintenant. J'ai simplement besoin de les voir sur pied pour les connaître vraiment.

— Il faut aller dans la forêt pour ça, ai-je dit.

— Demain, si tu veux. Je suppose que tes machines ne fonctionnent pas le dimanche.

— Non, pas le dimanche.

— Alors tu m'emmèneras ?

— Demain, c'est d'accord, à condition que tu ailles dormir maintenant.

— De toute façon, j'allais m'endormir, a fait Charlotte.

Elle s'est levée, m'a embrassé, a murmuré avant de disparaître dans le couloir :

— C'est bon, Bastien, de te savoir près de moi quand je dors.

14

La forêt respirait doucement, avec de longs soupirs. L'ombre était douce dans la laie où le soleil ne pénétrait qu'à peine. De part et d'autre, les pins et les douglas ne laissaient pas entrer le moindre rayon de lumière, si bien que leurs aiguilles, sous les frondaisons, avaient gardé leur couleur naturelle, comme lustrée, cirée, malgré l'été au sommet de sa gloire.

— Nous arrivons, ai-je dit en me retournant vers Charlotte qui marchait lentement derrière moi.

J'avais vérifié, au début, qu'elle marchait sans difficulté et qu'elle ne souffrait pas. Mais non, elle paraissait heureuse, au cœur de cette ombre complice, de ce silence à peine troublé par nos pas, de ces parfums que les nuits, à cette altitude, réveillaient grâce à la rosée, de cette paix protégée où, cependant, tout pouvait arriver, elle le savait maintenant, après m'avoir écouté dans le Range qui nous conduisait vers ce coin de forêt très éloigné de la route.

— Je te conduis à l'endroit où Justine prétendait voir le Cavalier noir, avais-je dit.

— Le Cavalier noir ?

— Oui. Monté sur un cheval-fée.

— Une légende ?

— Peut-être, mais va savoir.

Puis j'avais repris, sans le moindre sourire qui lui aurait fait comprendre que je plaisantais :

— C'est au bout d'une piste qui descend en pente douce au moins pendant huit cents mètres. On ne peut pas aller jusqu'au bout avec le Range. Est-ce que tu pourras marcher ?

— Mais oui, ne t'inquiète pas.

— J'y ai planté des sapins de Vancouver, avais-je ajouté. Tu vas voir : on les reconnaît facilement.

Le sentier n'en finissait pas de descendre et l'ombre devenait de plus en plus épaisse, complice, autour de nous. C'était comme si nous marchions dans une ouate fraîche et parfumée, avec, par instants, une odeur plus forte, plus poivrée, que nous traversions comme un nuage. Une colonne de lumière, où dansaient des poussières en suspension, ondulait comme un serpent, puis s'éteignait par intervalles, de loin en loin, avant de réapparaître miraculeusement.

— Les voilà, ai-je dit.

C'étaient des arbres magnifiques, sans le moindre défaut, dont on ne distinguait pas le faîte car ils avaient été plantés très serrés. J'ai coupé une petite branche basse, rassemblé des aiguilles dans ma main, je les ai pétries avant de les tendre à Charlotte en disant :

— Sens !

Elle a porté les aiguilles à ses narines, s'est exclamée :

— Ça sent bon ! Qu'est-ce que c'est ?

— De la citronnelle.

— De la citronnelle, ici ?

— Mais non, voyons, c'est le parfum des grandis, et c'est surtout à cela qu'on les reconnaît.

Et, comme Charlotte, de nouveau, les respirait :

— Si on travaille une journée à leur contact, on ne peut pas se débarrasser de leur parfum.

— Ils n'ont pas été touchés par la tempête ?

— Non. Le vent n'est pas descendu jusque-là.

— Quel âge ont-ils ?

— Je les ai plantés en 1985.

— Seize ans et déjà si grands ?

— Le terrain est très favorable, et bien drainé par les pentes. Mais il faudrait les éclaircir et je n'ai pas eu le temps.

— Alors ils ont souffert, dit Charlotte.

Je l'ai dévisagée en souriant :

— Je vois que tu apprends vite.

Un étrange silence s'est refermé sur nous. Pas une branche ne bougeait, pas le moindre oiseau ne chantait.

— Je n'aimerais pas me trouver seule ici, si loin de tout, a murmuré Charlotte en frissonnant.

Et, comme je ne répondais pas :

— Il doit y avoir des bêtes, non ?

— Pas seulement.

— Ne te moque pas de moi.

— Je ne me moque pas. La forêt est toujours habitée.

— Par qui ?

J'ai répondu du bout des lèvres :

— Justine te l'aurait expliqué mieux que moi.

Charlotte a posé une main sur mon bras et elle m'a demandé :

— Pourquoi ne veux-tu pas me parler d'elle ? Est-ce donc si grave et si douloureux ce qui s'est passé ?

Je n'étais pas encore prêt à lui donner les explications qu'elle espérait tant. J'ai seulement répondu :

— Bientôt, peut-être.

Elle n'a pas insisté, m'a demandé :

— Parle-moi au moins du Cavalier noir.

— Pour ma part, je cherchais plutôt la fée Oriande.

— Et aujourd'hui, Bastien ?

— Aujourd'hui, je ne les cherche plus, puisque je les connais tous.

— Ils sont si nombreux ?

— Non. Pas vraiment.

— Alors ?

— Il y avait aussi le Champi, l'Ogre aux jambes de pluie, la Matrinaire, le Précarouge, la Marte des Essarts, d'autres encore que j'ai oubliés. Mais on ne peut les rencontrer que lorsqu'on est seul.

— Arrête, Bastien ! N'essaie pas de me faire peur. Montre-moi plutôt les arbres, que je puisse les reconnaître.

— Viens ! ai-je dit en riant.

Nous sommes remontés lentement vers le Range et je lui ai nommé, à mesure que nous dépassions les parcelles bien délimitées par des bornes sur lesquelles je veille scrupuleusement, les pins sylvestres, les mélèzes, les douglas, les épicéas d'Amérique qu'on appelle aussi Sitka.

— Il doit y avoir des champignons en automne, ici.

— Jamais sous les douglas.

— Et pourquoi ?

— Parce que leurs racines détruisent les mycorhizes. C'est comme ça.

Une fois parvenus près du Range, il m'a semblé qu'elle était fatiguée et je l'ai invitée à s'asseoir au bord de la clairière, sur un tronc de douglas couché. Là, il y avait plus de clarté qu'en bas, car beaucoup d'arbres étaient arrachés. Nous sommes restés un long moment silencieux, moi me demandant si elle souffrait de sa jambe, Charlotte réfléchissant à ce que je lui avais dit du peuple de la forêt.

— Tous ces personnages, Bastien, tu y croyais ?

— Oui.

— Et aujourd'hui ?

— Ça dépend des jours, dis-je en souriant.

J'ai ajouté aussitôt :

— Dans la forêt, tout est possible. Tu verras à quel point, quand tu la connaîtras mieux.

— Mais rien n'existe de tout cela ? a-t-elle demandé aussitôt, comme pour être rassurée.

— Le chevalier Renaud a existé.

— Comment le sais-tu ?

— Tout le monde le sait : c'était l'un des quatre fils du roi Aymon qui s'était rebellé contre Charlemagne quand il était au sommet de sa gloire. Il les a poursuivis jusqu'aux Pyrénées, et ils sont passés par ici. Le reste, qu'il ait chevauché Bayard que lui avait donné la fée Oriande, ou qu'il ait été protégé par l'enchanteur Maugis, c'est peut-être une légende, mais Charlemagne et Renaud ont bien existé, eux, comme Roland, d'ailleurs. Nous l'avons tous appris à l'école. Mais en forêt, vois-tu, on ne fait pas vraiment la différence entre le faux et le vrai. Ils se mêlent étroitement, on ne les distingue pas toujours.

Et j'ai repris, tandis qu'elle réfléchissait à ce qu'elle venait d'entendre :

— Dis-toi bien, ma petite-fille, qu'en forêt tout peut arriver, même ce à quoi on n'a jamais pensé.

À cet instant, une ombre brune a jailli à une vingtaine de mètres sur notre gauche, et sauté par-dessus les fûts couchés. Charlotte a eu un sursaut de tout le corps et a crié de surprise.

— N'aie pas peur, ai-je dit, ce n'est qu'un chevreuil.

Elle s'est aussitôt apaisée, puis elle m'a demandé, changeant de sujet, comme si le premier la mettait mal à l'aise :

— Pourquoi tous ces arbres venus d'Amérique ? Les sapins de Vancouver, les Sitka, je ne sais quoi encore. J'ai même lu sur Internet qu'on plantait maintenant des chênes rouges de là-bas.

— Toujours pour les mêmes raisons : ils sont robustes, possèdent de bonnes qualités d'homogénéité et ils poussent plus vite que les feuillus.

— Tu ne dois plus reconnaître ta forêt.

— Elle a beaucoup changé, en effet, mais les feuillus restent encore importants, heureusement. Les hêtres et les chênes se vendent pour l'ébénisterie, les châtaigniers et les peupliers pour la caisserie, mais il est vrai qu'aujourd'hui on n'a plus la patience d'attendre. Il faut aller vite, et un chêne rouge d'Amérique met deux fois moins de temps, ou presque, pour venir à maturité qu'un chêne sessile de chez nous.

— Quand s'est-on rendu compte de ça ?

— Après la dernière guerre, surtout. Avant, on plantait moins et c'était principalement des épicéas et des pins d'Europe.

— Ça veut dire quoi, avant ?

— Ça veut dire après la guerre de 1914. Beaucoup d'hommes étaient morts et les bras manquaient pour travailler la terre. Alors, les survivants ont commencé à planter. Une fois les arbres en terre, c'est la nature qui fait le reste. On n'a pas besoin de beaucoup s'en occuper, si ce n'est pour éclaircir. Les pins sylvestres servaient surtout pour la boiserie des galeries dans les mines et on en faisait aussi des poteaux téléphoniques. Mais c'est surtout après la guerre de 1939-45 qu'on s'est mis à planter des épicéas. Il y avait un homme, ici, dont je ne me rappelle plus le nom, qui avait fait des recherches en ce sens. Aujourd'hui, le douglas est devenu l'arbre que l'on plante le plus : il est imputrescible, facilement tranchable et il pousse très vite.

Je me suis tu un instant, puis j'ai repris après avoir constaté que mes propos semblaient l'intéresser :

— Mais tu sais, la forêt, ici, est récente. Contrairement à ce que l'on peut croire, au début du siècle dernier, le plateau n'était pas si boisé.

— Je pensais que cette forêt datait au moins du Moyen Âge.

— Pas du tout. Les hommes ont eu leur part dans cette grande œuvre.

— Et je suppose que tu préfères les feuillus.

— Oui, en effet. Parce que ce sont les arbres les plus naturels, ceux de mon enfance, parmi lesquels j'ai grandi.

En me tournant vers Charlotte, j'ai vu qu'elle m'écoutait toujours avec intérêt et je lui ai demandé :

— Depuis quand t'intéresses-tu aux arbres, toi ?

— Depuis que je suis là.

Quand nos regards se sont croisés, Charlotte a souri, puis elle a détourné la tête et m'a dit :

— Il faut que je te demande autre chose, Bastien.

— Je t'écoute.

— Voilà ! Fabrice, mon compagnon, m'a demandé s'il pouvait venir me voir quelques jours ici.

Elle a hésité, puis elle a repris :

— Je veux dire : chez toi.

Et elle a ajouté, comme prise en faute :

— Je sais que tu n'aimes pas beaucoup la compagnie.

— Combien de jours ?

— Deux ou trois, pas plus.

— C'est entendu.

Le silence s'est installé entre nous pendant un long moment, puis un bruit étrange dans les plus hautes branches des quelques douglas restés debout nous a alertés.

— Qu'est-ce que c'est ? a demandé Charlotte.

— Ils rêvent, ai-je dit.

— Les arbres ?

— Bien sûr, les arbres.

— Et tu crois ça, toi, Bastien ?

— Bien sûr que je le crois.

— Et de quoi rêvent-ils ?

Retrouvant dans ma mémoire la réponse de mon père qui m'avait tant intrigué enfant, j'ai murmuré :

— Je ne te le dirai pas.

— Pourquoi ?

— Pas encore. Un jour, quand tu les connaîtras mieux.

Elle a tenté de protester, mais je ne lui en ai pas laissé le temps :

— On va repartir avec le Range, ai-je dit, et je vais te montrer les parcelles qui m'appartiennent. Il faut que tu les connaisses.

Elle ne m'a pas demandé pourquoi, mais j'ai senti qu'elle en était flattée.

— Viens !

Puis je me suis mis à marcher vers le Range qui était stationné à dix mètres de là. Je n'avais pas fait cinq pas que j'ai entendu un choc derrière moi et me suis retourné aussitôt : Charlotte était allongée sur le côté, gémissante, un bras posé sur sa jambe gauche. Je me suis précipité, j'ai tenté de la relever, mais elle a murmuré d'une voix que je ne lui connaissais pas :

— Non. Attends, s'il te plaît.

J'avais compris ce qui s'était passé : sa jambe malade avait cédé sous elle, mais je me refusais à cette évidence et voulais à tout prix la relever.

— Attends… Attends…

Finalement, j'ai passé un bras sous ses épaules et je l'ai soulevée, étonné qu'elle pèse si peu, puis je l'ai portée dans la cabine du Range où elle est demeurée la tête appuyée contre la banquette, les yeux clos.

— Ce n'est rien, ce n'est rien, répétait-elle, s'efforçant de sourire.

J'ai démarré, évitant les creux du sentier pour lui épargner les cahots et, une fois sur la route, j'ai pris directement la direction de Servières, abandonnant le projet de montrer à ma petite-fille les bois qui m'appartenaient. Nous ne parlions pas, trop préoccupés que nous étions par ce qui venait de se passer. Je m'en voulais de l'avoir fait marcher pendant près de deux kilomètres, et je devinais qu'elle se reprochait de n'avoir pas été assez forte, de s'être trahie, de m'avoir infligé le spectacle de sa douleur et de sa détresse.

Une fois dans la cour, je l'ai aidée à descendre, mais elle a fait un effort sur elle-même pour me montrer que ses jambes, de nouveau, la portaient, qu'elle n'avait pas besoin de moi. Je me suis contenté de la soutenir par un bras et, comme elle me le demandait, je l'ai lâchée dans le couloir. Alors elle a marché jusqu'au canapé sur lequel elle s'est laissée choir, fermant les yeux pour ne pas me montrer les deux larmes qui montaient, débordaient malgré ses efforts pour les retenir. J'ai feint de ne pas les voir et j'ai fait demi-tour pour aller me réfugier dans mon bureau dont j'ai refermé violemment la porte derrière moi.

15

Fabrice était arrivé un après-midi, alors que je travaillais en forêt. Je l'avais trouvé le soir en rentrant, assis près de Charlotte dans le salon, sur ce canapé où elle se plaisait tellement. C'était un jeune homme brun, grand, sec, les yeux noirs, mais avec, sur le visage, un air un peu égaré, comme s'il ne croyait pas vraiment au fait de se trouver si loin de son univers familier, ou s'il ne se sentait pas de taille à affronter près de Charlotte ce qu'elle vivait si douloureusement. Je m'étais montré aimable, prévenant, mais je ne m'étais pas attardé dans le salon après le repas et, une fois dans mon bureau, je n'étais pas fâché de la présence, dans la pièce d'à côté, d'un homme qui, pensais-je, devait être plus capable que moi d'aider Charlotte, de lui donner les forces nécessaires pour gagner le combat engagé.

En les écoutant, pendant les repas du soir, ils m'avaient paru étrangers, inaccessibles. Leurs préoccupations semblaient très éloignées des miennes : argent, travail, appartement, problèmes de connexion, de logiciels, de banques de données, etc. Je ne m'en suis pas formalisé et, au contraire, j'ai essayé de les comprendre, de me rapprocher d'eux. Mais il existait une telle différence entre la forêt et Paris, il y avait une telle distance entre ces deux mondes que je savais impossible la moindre comparaison, la moindre superposition. Il y a longtemps que j'ai admis la primauté des villes sur les campagnes, une victoire célébrée par la fin du siècle précédent. J'avais lu à ce sujet un article, écrit par un philosophe, qui m'avait laissé songeur : en fait, depuis le néolithique, les hommes avaient vécu sur le même modèle paysan. C'est le vingtième siècle qui avait provoqué le changement le plus important jamais constaté, une révolution silencieuse et secrète qui avait abouti au fait que la population rurale était passée de quatre-vingts pour cent de paysans à deux pour cent. L'événement essentiel du vingtième siècle, c'était avant tout cela. « Le néolithique », écrivait le philosophe en question, « s'était achevé en l'an 2000 et le monde ne serait plus jamais le même... » Je n'avais pas du tout l'intention de le contester, seulement celle de ne pas en concevoir trop de nostalgie, trop d'amertume ou de dépit.

Solange, comme moi, s'était éloignée pour laisser Charlotte et Fabrice seuls et, m'avait-il semblé, aussi soulagée que moi de ne plus se trouver en première ligne dans un combat si difficile. Mais Fabrice n'était probablement pas de taille à relever un tel défi, et il n'était pas resté longtemps : trois jours seulement. Alors Solange avait aussitôt repris son rôle auprès de Charlotte, et la vie ordinaire avait recommencé, sans que j'ose poser la question qui me brûlait les lèvres : est-ce que Charlotte allait rester longtemps à Servières ? Est-ce que je devais tenir compte de sa présence à l'avenir ? Et si oui, jusqu'à quand ?

Le souvenir de ma petite-fille allongée sur le sol de la clairière ne cessait de me hanter. J'essayais de le fuir en m'immergeant dans le travail et, après le repas, je prétextais des tâches urgentes pour gagner mon bureau.

— Je peux t'aider, peut-être, m'a dit Charlotte un soir, alors que je m'apprêtais à gagner mon refuge.

Comment refuser ? Je lui ai expliqué de quoi il s'agissait, je lui ai montré le courrier en attente, les factures, et je lui ai dit qu'elle pouvait répondre au téléphone pendant la journée, au lieu de laisser s'accumuler les messages.

— Que je réponde quoi, Bastien ?

— Que je suis débordé, que je ne peux pas intervenir pour le moment, mais que je prends bonne note des parcelles dont il est question.

Ainsi, en quelques jours, à mon grand soulagement, nos rapports ont pris une dimension plus ordinaire, plus quotidienne, moins grave. Je me suis aperçu très vite qu'elle était efficace, ordonnée, et tout à fait capable de faire face à l'imprévu quand un propriétaire surgissait à Servières pour me supplier de travailler chez lui le plus vite possible. Je me suis senti soulagé et je n'ai pas hésité à lui confier d'autres tâches, comme établir les fiches de paye des forestiers, trouver de nouveaux espaces pour stocker le bois, harceler les transporteurs afin qu'ils débarrassent les grumes accumulées au bord des routes, démarcher de nouveaux acheteurs à l'étranger pour du bois dont plus personne, en France, ne voulait.

Un matin, la tête d'une Timber Jack a refusé de fonctionner : d'après Étienne, elle avait été trop sollicitée, s'était détériorée un peu plus chaque jour et il fallait impérativement la changer. Trois jours d'immobilisation seraient nécessaires alors qu'on en avait besoin. J'ai dû prendre la décision d'acheter une nouvelle machine pour faire face à tous les chantiers en cours.

— Tu aurais dû le faire plus tôt, m'a reproché Charlotte le soir même. Tu dis que tu as du travail pour au moins dix ans et tes machines s'amortissent en sept ans. Pourquoi avoir hésité ?

La vérité était que j'avais toujours beaucoup de difficultés à acquérir des machines aussi chères, car ces achats me semblaient mettre en péril l'équilibre de mes finances. Il était évident qu'elle avait souvent raison, Charlotte, et que j'aurais gagné à lui confier la gestion de mon entreprise. Mais je me suis dit qu'il ne fallait pas qu'elle prenne trop d'importance car si elle repartait – et il était évident pour moi qu'elle repartirait –, je devrais de nouveau faire face seul, comme toujours. À cette idée, quelque chose en moi s'est noué et c'est ainsi que je me suis mis à redouter l'annonce d'un départ prochain.

Elle ne sortait plus de la maison et il était évident qu'elle avait de plus en plus de mal à se déplacer. Je feignais de ne pas y accorder trop d'importance, mais je ne pouvais m'empêcher de m'en inquiéter auprès de Solange.

— J'ai remarqué aussi, m'a-t-elle dit un soir, alors qu'elle repartait après avoir aidé Charlotte à préparer le repas.

C'est ce même soir, alors que nous finissions d'examiner le courrier, et qu'il fallait choisir entre une machine finlandaise de marque Valmet, ou une Timber Jack canadienne, que Charlotte m'a raconté son voyage au Québec l'année précédente, un voyage qui l'avait enchantée. Et, comme je l'écoutais avec attention parler du Saint-Laurent, des grandes forêts blanches, de Chicoutimi, de Trois-Rivières, des Grands Lacs, elle m'a demandé :

— Tu n'as jamais quitté le plateau ? Vraiment ?

— Si. Deux fois. La première pour mon service militaire.

— Où donc ?

— En Afrique.

— Comment ça ? Les jeunes d'ici partaient en Afrique ?

— Non. Moi seulement.

— Et pourquoi donc ?

C'était loin, tout ça, et je n'avais guère envie de raconter comment, de Limoges, je m'étais retrouvé à Abidjan. Mais, comme elle insistait, j'ai fini par m'y résoudre et lui ai expliqué qu'à l'heure de partir au service militaire, je m'y étais refusé de toutes mes forces et que je n'avais pas répondu à la convocation de l'armée. Censé gagner la gare d'Aiglemons à pied pour rejoindre mon régiment d'affectation – je n'avais pas voulu que mon père m'y conduise –, je m'étais réfugié dans la forêt et j'avais été considéré comme déserteur. On ne plaisantait pas avec ces choses-là, à l'époque. Aussi, après une visite des gendarmes qui avaient expliqué à mon père la gravité de la situation, il m'avait retrouvé au fond des bois et convaincu que je ne pouvais pas vivre toute ma vie caché dans la forêt. Pour plus de sûreté, il m'avait conduit lui-même à Limoges et remis aux autorités militaires qui n'avaient pas hésité : au lieu d'un régiment d'infanterie traditionnel, le déserteur que j'étais avait été sanctionné et, de ce fait, affecté à l'infanterie de marine des forces coloniales.

Après trois mois de classes à Toulon, je m'étais retrouvé sur un bateau en partance vers l'Afrique occidentale française, plus précisément la Côte-d'Ivoire où j'avais passé douze mois avant d'être rapatrié à Toulon pour y finir mon temps. De ces longs mois en Afrique, je m'étais efforcé de ne pas garder le moindre souvenir, sinon celui des immenses forêts entre Abidjan et Yamoussoukro, où mon régiment partait souvent en opération. Ils constituaient un long tunnel dans ma vie que je retrouvais quelquefois dans mes rêves où régnaient une chaleur accablante, un ennui interminable qui n'avaient fait que confirmer ma certitude : le plateau où j'étais né constituait le seul endroit au monde où je pouvais être heureux.

— Et la seconde fois ? a demandé Charlotte.

— Je ne t'en parlerai pas aujourd'hui.

— Pourquoi ?

— Ça concerne Justine.

Charlotte, dépitée, n'a pas insisté. Elle a seulement demandé :

— Alors, tu n'as jamais pris l'avion ?

— Non. Seulement le bateau, et je m'en serais bien passé.

Elle m'a considéré un moment en silence, puis :

— Et tu t'es marié dès ton retour du service militaire ?

— Un an après.

— Si vite ?

— Je connaissais Louise depuis longtemps. Elle avait le même âge que moi et nous étions allés à l'école ensemble à Aiglemons. C'est là qu'elle habitait. Elle avait passé avec succès le concours d'entrée à l'École normale, mais elle n'avait pas pu y aller, car sa mère était morte à ce moment-là, et elle avait dû s'occuper de ses deux sœurs plus jeunes qu'elle. C'était la règle, à l'époque : les filles aînées s'occupaient des familles en difficulté. Aucune n'aurait songé à refuser.

— Une famille de forestier, je suppose.

— Pas tout à fait. En réalité, son père était transporteur et il n'était pas souvent présent à la maison. D'où le fait que Louise ait dû renoncer à partir pour remplacer sa mère.

— Elle l'a regretté ?

— Elle ne s'en est jamais plainte, mais je suis sûr qu'elle a souvent pensé aux études qu'elle aurait pu faire, au métier qu'elle aurait pu exercer. Il faut voir, d'ailleurs, comment elle s'est occupée de ta mère, et avec quel succès.

— Si elle était partie, vous ne vous seriez pas mariés ?

— Je ne sais pas. Peut-être que non.

Charlotte a murmuré :

— Et je n'existerais pas et ma mère non plus.

J'ai sursauté, car c'était là une pensée qui ne m'était jamais venue à l'esprit et qui m'a surpris désagréablement.

— Qu'est-ce que tu racontes ? ai-je dit avec un peu d'hostilité dans la voix.

— C'est l'évidence, Bastien.

— Si elle était partie, on aurait continué à se voir aux vacances.

— Parce que tu la rencontrais déjà ?

— Je te l'ai dit, depuis l'école primaire on ne s'est jamais perdus de vue. Elle savait que j'étais là, tout près, et je savais qu'elle m'attendait.

— Et vous vous voyiez où ? C'est indiscret de te demander ça ?

J'ai répondu sans une hésitation :

— La forêt est grande.

— Et son père était souvent absent ?

— Exactement.

— Et donc vous vous êtes mariés en 1951.

— Oui. En septembre.

— Où ? Je ne l'ai jamais su.

— À Aiglemons, au domicile de la future épouse : c'était la tradition.

— Et Louise est venue habiter ici, dans cette maison ?

— Oui. Ses sœurs avaient grandi. La plus âgée s'occupait maintenant de la plus jeune.

— Alors, il y avait trois femmes dans cette maison ?

— Non. Justine est partie aussitôt, comme si elle n'avait attendu que cela. Deux jours après l'arrivée de Louise ici, en fait. Je crois qu'elle a dû se sentir libérée. Quelqu'un allait veiller sur notre mère, s'occuper du foyer. Alors elle est partie. C'est comme ça que tout a commencé.

Devant le silence brusquement retombé, Charlotte a hésité, puis :

— Qu'est-ce qui s'est passé, Bastien ? m'a-t-elle demandé d'une voix très douce, qui, cependant, m'a fait sursauter.

Je n'ai pas pu répondre. Je me suis levé brusquement pour fermer les volets en disant :

— C'est l'heure d'aller dormir.

Charlotte m'a embrassé et m'a dit d'une voix où j'ai pourtant deviné un reproche :

— Si tu veux que je guérisse, Bastien, il faudra bien qu'un jour tu me livres ces secrets qui vous ont fait tant de mal.

— Un jour, c'est promis.

— C'est si terrible que ça ?

— Bien plus que tu ne peux l'imaginer.

Charlotte m'a dévisagé un instant en silence, puis elle a ajouté avant de disparaître dans le couloir :

— Alors, tu as raison, ça peut attendre un peu.

Et je suis resté seul, me demandant si je devais vraiment réveiller des secrets dont le temps avait à peine endormi la douleur.

16

Les jours étaient grands, lumineux, sans le moindre signe avant-coureur d'un déclin de la saison qui, pourtant, à l'altitude du plateau, s'annonce d'ordinaire plus tôt qu'ailleurs. Au contraire, la chaleur épaisse des deux dernières semaines de juin s'était infiltrée sous les arbres et demeurait prisonnière de leurs couverts. La fraîcheur relative des nuits ne parvenait pas à la chasser. Comme avec l'âge je supporte de moins en moins la chaleur, je ne me sentais pas très bien, dormais mal la nuit et faisais une sieste, en début d'après-midi, avant de repartir dans les coupes où la troisième Timber Jack était entrée en action. Trois équipes, désormais, ébranchaient, coupaient, rassemblaient les grumes, pendant que trois autres les acheminaient au bord des routes où elles demeuraient désespérément entassées.

Quand Charlotte, un soir, m'a dit qu'elle partait le lendemain matin, je me suis efforcé de ne pas manifester la moindre déception.

— Bon ! ai-je dit seulement. Tu auras beau temps.

Je ne lui ai pas posé la question de savoir si elle reviendrait. J'ai deviné qu'il ne le fallait pas, qu'il y avait une sorte de pacte de confiance entre nous. Car je savais que c'était de la force, de l'énergie, des certitudes qu'elle était venue puiser à Servières. C'est d'elle-même qu'elle m'a dit, pendant le repas du soir que nous prenions, comme à notre habitude, dans la cuisine :

— Si je le peux, et si tu es d'accord, je reviendrai.

— Bien sûr. Quand tu voudras.

Ce fut tout. Ce soir-là, nous n'avons parlé que de la nouvelle machine et des lots dans lesquels il fallait intervenir au plus vite, c'est-à-dire ceux qui étaient plantés en épicéas.

Au fur et à mesure que la soirée avançait, je me suis fait plus distant et, comme pour nier l'importance de son départ, j'ai montré, malgré moi, une rugosité qui, sans doute, l'a surprise. Vers onze heures, alors que la nuit s'était enfin posée sur la forêt comme un immense drap, je me suis levé en disant :

— Tu devrais aller dormir, parce que demain tu as une longue route à faire. À quelle heure veux-tu partir ?

— Dès que je serai réveillée.

— Alors à demain.

Et, comme j'esquissais un pas vers le couloir, elle m'a retenu par le bras et m'a embrassé rapidement en disant :

— Merci pour tout, Bastien.

— De rien, petite.

Je me suis réfugié dans ma chambre où je n'ai pu trouver le sommeil. Je me suis couché, mais je suis resté les yeux ouverts dans l'obscurité, guettant les bruits dans la chambre d'à côté, me demandant si, comme moi, Charlotte demeurait éveillée. Je l'ai imaginée seule avec ses noires pensées, j'ai failli me relever pour lui demander si tout allait bien, mais finalement j'y ai renoncé. Ce départ imminent qui la renvoyait, me semblait-il, vers le danger, me rappelait douloureusement celui de Justine, un matin de septembre, il y avait si longtemps. Elle paraissait heureuse et inquiète à la fois, Justine, elle qui n'avait jamais quitté la région, et qui s'y était résolue subitement, c'était du moins ce que l'on croyait. En réalité, avec l'aide du curé d'Aiglemons, elle avait trouvé une place de gouvernante dans une famille bordelaise, qui habitait une rue voisine du jardin des plantes. Son rêve se réalisait : elle quittait enfin le plateau et toutes les ombres menaçantes dont elle se croyait poursuivie, cet univers hanté dont elle ne parlait jamais sans terreur au fond des yeux, ces arbres immenses qui servaient de refuge à ce qu'elle seule, parfois, était capable d'apercevoir.

Notre mère pleurait, ce matin-là, mais Aristide, lui, se souciait seulement de l'heure du train. Sa fille était majeure et, de toute façon, avec Louise et Clarisse, la maison se trouvait en de bonnes mains. Moi, j'étais plutôt soulagé pour Justine : elle quittait enfin le plateau où elle souffrait, je l'avais toujours su, pour une destination inconnue, mais qui la rendrait heureuse. C'est du moins ce que j'espérais.

Je la revoyais ce matin-là, dans sa longue robe noire seulement agrémentée d'un petit ourlet de dentelle blanche au niveau du cou et des poignets, je revoyais son visage mince, ses yeux noirs, son front haut, sa peau si fine qu'on devinait les os affleurant, si fragile qu'on avait envie de la prendre par le bras pour la soutenir, mais non : elle avait dit au revoir sans aucune larme et elle était montée dans le camion qui avait démarré aussitôt. Et moi, dans mon demi-sommeil, cinquante ans plus tard, j'identifiais Charlotte à Justine, et je me demandais si je la reverrais.

Je me suis relevé, j'ai ouvert la fenêtre, mais l'air de la nuit m'a paru saturé, lourd, irrespirable. Je me suis rhabillé rapidement, j'ai quitté ma chambre, je suis sorti et je me suis dirigé vers les arbres qui, à l'arrière de la maison, avaient résisté à la tempête. Il y avait là un banc de bois que mon père avait fait installer sous un chêne, un banc où, jadis, en compagnie de Louise, j'aimais m'asseoir. Je ne m'y étais pas assis depuis longtemps, mais, cette nuit-là, j'avais envie de rejoindre, au moins par la pensée, tous ceux qui avaient été proches de moi, comme pour mieux les retenir dans ma mémoire au fond de laquelle, hélas, ils s'éloignaient de plus en plus.

Là, une fois installé dans le parfum si particulier, si chaud, si réconfortant des feuilles et de la mousse du chêne, ce n'est pas Louise qui est venue vers moi, mais de nouveau Justine dont la main, le jour de son départ, s'agitait par la portière du camion conduit par mon père, une main que je n'avais plus jamais revue. Ni moi ni personne. Au début, on avait attendu sans véritable impatience une lettre annonçant qu'elle était bien arrivée à Bordeaux, qu'elle avait effectivement trouvé la famille à laquelle elle avait été recommandée par le curé d'Aiglemons, mais, comme aucune nouvelle n'arrivait, on avait écrit, trois semaines plus tard, à l'adresse qu'elle avait laissée en partant. La réponse n'avait pas tardé : la famille en question n'avait jamais vu Justine. Il avait fallu se rendre à l'évidence : elle avait disparu. Poussé par ma mère, mon père s'était rendu à la gendarmerie qui avait promis d'ouvrir une enquête, mais rien, dans le mois qui suivit, n'avait apporté la moindre nouvelle, le moindre espoir. À Bordeaux, selon la police, nul ne l'avait vue.

Chez nous, à Servières, on cherchait à comprendre : le curé, qui se sentait responsable, était accablé, en avait perdu son latin, Clarisse se lamentait à longueur de journée, mais ni moi ni mon père n'avions renoncé. Et, comme aucun élément positif n'apparaissait, Aristide avait décidé qu'il était de son devoir de partir à la recherche de sa fille. Ce qu'il avait fait, me confiant sans hésiter ses équipes de forestiers, du fait que j'avais repris ma place auprès de lui depuis mon retour du service militaire.

Une longue attente avait commencé, entre-coupée par les messages d'Aristide, qui s'arrêtait dans les villes situées sur la ligne de chemin de fer Clermont-Ferrand-Bordeaux, et, de ce fait, était demeuré absent bien plus longtemps qu'on ne l'avait imaginé. Les gendarmes d'Aiglemons venaient souvent à Servières, se montraient aussi stupéfaits, aussi désemparés que les membres de la famille, ils cherchaient à comprendre ce qui avait bien pu se passer au cours d'un voyage qui ne paraissait pas devoir faire apparaître la moindre difficulté : aucun changement n'était nécessaire, aucune correspondance rendant obligatoire une descente du train dans lequel Aristide avait lui-même installé Justine à Aiglemons.

Mon père était resté absent un mois, puis il était rentré sans avoir trouvé le moindre indice, la moindre piste qui l'eût mené vers sa fille. J'avais alors proposé de partir à mon tour à la recherche de Justine, car on ne pouvait pas en rester là : accepter une pareille disparition, aussi inexpli-cable et aussi douloureuse, n'était pas possible. À Servières, on avait l'impression de devenir fou. Encouragé par Clarisse, mais aussi par Louise et par Aristide, j'étais donc parti en février, au cœur d'un hiver qui avait paralysé les routes du plateau mais non les lignes de chemin de fer. Que s'était-il passé ? Qu'est-ce qui avait bien pu arrêter Justine sur le chemin de Bordeaux ? Un accident ? Une mauvaise rencontre ? Dans mes recherches au cœur des villes inconnues, j'avais pensé aux mystères de la forêt, au Cavalier noir dont elle avait si peur, et je m'étais demandé si les frayeurs de Justine n'étaient pas prémonitoires.

J'étais resté deux mois absent, j'avais long-temps erré sur les quais de Libourne, sur ceux de Bordeaux, j'avais parcouru la grande ville de long en large, des Chartrons à Mériadeck, du jardin public à la gare Saint-Jean, j'avais demandé une entrevue à la famille d'accueil de Justine, j'avais fréquenté les maisons louches des ruelles voisines du port, les squares, l'esplanade des Quinconces, le jardin public, les deux rives de la Garonne, le quartier de la Bastide de l'autre côté du pont, mais personne n'avait rencontré ou croisé la jeune fille dont je montrais la photographie. La police elle-même, malgré six mois d'enquête, ne comprenait pas ce qui avait pu se passer. C'était la première fois que cela arrivait : d'ordinaire, en cas d'accident ou de meurtre, on trouvait toujours des traces, même si on ne retrouvait pas les coupables.

« La seule explication que je puisse vous don-ner », m'avait dit pour finir le commissaire, « c'est qu'elle n'est jamais arrivée ici. Elle a dû dispa-raître ailleurs, en cours de route. » Et donc, en revenant sur mes pas, je m'étais moi aussi, comme Aristide, arrêté dans toutes les villes : huit jours à Libourne, huit jours à Périgueux, à Brive, à Tulle, mais personne, nulle part, n'avait vu Justine. Si bien que j'étais rentré désespéré à Servières, mais avec la conviction que tout s'était joué à Bordeaux, peut-être à la sortie de la gare, quand Justine était montée dans une voiture pour se faire transporter à l'adresse indiquée.

La vie avait repris tant bien que mal à Servières, où personne ne pouvait croire que Justine avait disparu définitivement. Ma mère s'était mise à guetter le facteur chaque matin, mon père passait régulièrement à la gendarmerie d'Aiglemons et, même si aucune nouvelle ne nous parvenait, on avait fait comme si elle allait se manifester d'un jour à l'autre, car c'était la seule manière de continuer à vivre avec un peu d'espoir.

Mais jusqu'à ce jour, jusqu'à cette nuit précédant le départ de Charlotte où j'étais assis sur le banc dans la nuit chaude de juillet, nul n'avait revu Justine. Et si longtemps après sa disparition, c'est-à-dire cinquante ans plus tard, je n'y repensais pas sans que quelque chose se noue dans mon cœur, une sorte de sentiment de culpabilité, d'impuissance, un refus d'accepter l'événement, la conviction d'un danger proche, une menace qui, aujourd'hui, se reportait sur Charlotte, laquelle, au matin, allait partir elle aussi.

J'ai regagné la maison et je me suis couché, les yeux grands ouverts, toujours aussi incapable de dormir. Je n'ai trouvé le sommeil qu'à cinq heures, et j'ai sombré d'un coup, si bien que c'est Charlotte qui m'a réveillé à sept heures, en se préparant dans la salle de bains. Nous avons déjeuné face à face sans un mot, puis je l'ai aidée à transporter son petit bagage dans sa voiture et elle m'a embrassé en disant :

— À bientôt, Bastien.

— À bientôt, petite. Prends soin de toi.

Elle est montée dans la voiture, a baissé la vitre, a voulu ajouter quelque chose, puis finalement y a renoncé. Elle a mis le moteur en marche, m'a souri, puis elle a manœuvré pour accéder au chemin. J'ai regardé la Peugeot disparaître derrière les cèdres, puis j'ai fait demi-tour et suis allé vers le Range en maugréant contre le retard dans lequel je m'étais mis, et j'ai démarré en m'efforçant d'oublier mes noires pensées de la nuit.

DEUXIÈME PARTIE

17

J'ai recommencé à vivre seul, comme avant, sans rentrer à midi pour déjeuner. La compagnie d'Étienne et des forestiers m'apaisait. Parmi les grands arbres, dans l'odeur épaisse de la résine et de la sciure, je retrouvais des sensations familières qui me rassuraient dans une existence où, me semblait-il, nulle menace ne rôdait. Je me suis alors décidé à m'occuper de mes propres parcelles un jour par semaine, afin de pouvoir replanter au printemps, alors que je les avais négligées au profit des autres. En les parcourant une à une, je vérifiais chaque fois que les feuillus avaient moins souffert que les résineux, ce qui m'a donné la conviction que les anciens avaient raison : si les résineux venus d'Amérique poussaient plus vite, c'est parce qu'ils consacraient l'essentiel de leurs forces au tronc et aux ramures, non aux racines. Voilà pourquoi ils étaient plus fragiles, moins stables, plus vulnérables au moindre souffle de vent. Les feuillus, au contraire, se consacraient d'abord à leurs racines, en priorité leur racine pivotante, c'est-à-dire leur racine maîtresse. Ils l'enfonçaient le plus loin possible dans la terre avant de développer leurs racines secondaires. Voilà quelle était la différence essentielle entre eux, et ce qui expliquait pourquoi les uns gisaient au sol quand les autres avaient tenu bon.

C'est en me faisant ce genre de réflexions et en parcourant mon domaine que je retrouvais les endroits que je fréquentais le plus volontiers lorsque j'étais enfant : le bois des Essarts, la combe des Buis, les grands Travers, Chènevrière, Bramefond, les Bois noirs, tous ces lieux familiers qui, après la disparition de Justine, m'étaient apparus différents, comme orphelins d'une présence indispensable, témoins d'une blessure que Charlotte avait réveillée sans le savoir. Dès lors, au contraire de ce que je souhaitais, le passé devenait plus présent, et je m'y enfonçais au lieu de le fuir, fouillant dans son ombre les moindres recoins, suivant les chemins que je suivais près de mon père, alors devenu muet face à un destin incompréhensible, inacceptable, trop douloureux pour être évoqué de vive voix.

Nul ne parlait plus à Servières, dans la grande maison où seule Louise tentait de maintenir la chaleur indispensable à la vie, tandis qu'à ses côtés Clarisse dépérissait, sombrait peu à peu dans le gouffre où elle se perdait de plus en plus souvent, ivre de chagrin. Heureusement, la naissance de Jeanne, un an après notre mariage, avait apporté un peu de lumière dans ce foyer sans joie. Clarisse, à son contact, avait retrouvé quelques forces, un peu d'espoir et fait semblant de recommencer à vivre. Même Aristide avait prononcé quelques mots qui nous avaient fait croire à un nouveau départ, d'autant que c'était une époque où l'on plantait beaucoup, des épicéas, certes, mais aussi des mélèzes et des pins dont on trouvait des plants chez les premiers pépiniéristes du plateau.

La naissance de ma fille avait été pour moi une grande joie, et une immense fierté pour Louise qui, dans cette maison étrangère, possédait enfin quelque chose à elle : une enfant qui prenait de plus en plus de place, étonnait les uns et les autres par son langage précoce et cette manière qu'elle manifestait de se vouloir très vite autonome, sans jamais manquer de respect à qui que ce soit. Aristide était sous le charme, bien qu'il ne le montrât pas. Moi, je n'en revenais pas d'être père si tôt, et de quelle fille ! Nous allions, Louise et moi, nous promener le dimanche, dans la forêt, avec Jeanne qui s'étonnait de tout, posait déjà des questions, ne manifestait pas la moindre peur, au contraire s'éloignait plus que de raison quand nous nous arrêtions pour évoquer des souvenirs, à tel ou tel endroit, d'avant notre mariage.

Je lui montrais les arbres, lui expliquais pourquoi ils poussaient mal, ou bien pourquoi celui-là était malade, et l'autre en pleine croissance. Par exemple, ce bouleau blanc qui dépérissait parce qu'il ne supportait pas la proximité des bouleaux de Sibérie voisins, dont l'écorce farineuse les rendait reconnaissables de loin. En revanche, j'évitais de lui parler des légendes de la forêt, de Renaud et son cheval Bayard, de la fée Oriande, de Maugis l'enchanteur, et du Cavalier noir. Le souvenir de Justine n'était jamais loin et j'évitais de m'approcher de ces parages-là. Louise, d'ailleurs, n'y aurait pas consenti. Elle savait de quel poids pesait le drame de la disparition de Justine dans la grande maison, et à quel point il était difficile, encore, de s'en éloigner.

Plus que difficile, en fait, pour Clarisse : impossible. Elle est morte quatre ans après la disparition de sa fille, non sans qu'Aristide ait effectué une ultime tentative pour la sauver, en l'occurrence de nouvelles recherches qu'il savait inutiles mais qui l'éloignèrent de nouveau, pendant un mois, de Servières. En vain. Les sortilèges de la forêt avaient été les plus forts, à la fois pour la mère et la fille. Clarisse fut portée en terre dans le petit cimetière de Servières un après-midi d'octobre que le vent d'automne n'avait pas encore rafraîchi, sous les premières feuilles mortes, en présence de tous ceux qui l'avaient connue et aimée...

La vie reprit, parce qu'il le fallait. Jeanne, notre fille, réclamait son dû : des sourires, de l'attention, de la tendresse, de la force, de l'espoir, tout ce que nous nous efforcions de lui donner, oubliant peu à peu la double disparition des années passées. Cela ne nous empêchait pas de continuer d'attendre le facteur, qui passait vers midi, comme si le miracle pouvait encore se produire,

134

si longtemps après. Mais non : rien n'est jamais venu apporter la moindre nouvelle, le moindre indice, la moindre explication à une disparition qui demeurait toujours aussi mystérieuse, inexplicable, inacceptable.

C'est à cette époque-là que mon père s'est mis à beaucoup travailler, à beaucoup planter. Il n'avait pas soixante ans et il demeurait fort physiquement, dur au mal, même l'hiver, quand il partait dans le vent et la neige sur les chantiers que nous nous partagions. Il ne parlait toujours pas. Quelque chose s'était brisé en lui, mais il travaillait comme deux hommes, souhaitant sans doute se consumer dans cette débauche d'énergie qui le laissait exténué, le faisait s'écrouler dans son lit, le soir, une fois le repas pris, alors que, au contraire, je profitais de la soirée pour écouter Louise me raconter ce qu'elle avait fait dans la journée avec Jeanne, ses bons mots, ses défis, ses premiers pas à l'école où sa mère la conduisait à pied, dans le bourg d'Aiglemons où elle en profitait pour rendre visite à ses sœurs qui n'étaient pas encore mariées.

Quand la petite était couchée, nous parlions, enfin seuls, face à face, de part et d'autre de la table trop grande de la maison ; surtout Louise, qui ne s'était jamais accommodée de ce silence dans lequel la disparition de Justine nous avait précipités. Elle m'interrogeait sur notre enfance, tentait elle aussi de trouver un indice, une piste. Je ne lui répondais pas volontiers : moi aussi j'avais été frappé de stupeur par ce qui était arrivé, mais en même temps je cherchais inlassablement dans ma mémoire le signe, l'événement, même bénin, qui aurait pu expliquer l'inexplicable.

Ainsi, un jour, je devais avoir douze ans, Justine avait insisté pour me conduire dans la forêt, à l'endroit que l'on appelait Chènevrière. C'était un grand bois de hêtres, de chênes et de châtaigniers, où poussaient aussi des fougères géantes qui abritaient, à la saison, des cèpes à tête brune. Là, entre les fûts des grands arbres, les fougères avaient été piétinées, écrasées, la mousse arrachée par plaques, et le sol, sous elles, comme labouré de profonds sillons.

— Regarde ! avait murmuré Justine, ils se sont battus.

— Qui ça ?

— Renaud et le Cavalier noir.

— Mais non, voyons ! avais-je répondu, ce sont les sangliers.

— Pas du tout, avait répliqué Justine. Je les ai vus.

Et elle avait ajouté, d'une voix étrange :

— Renaud a été blessé. C'est moi qui l'ai soigné.

Je m'étais longtemps souvenu de son visage à ce moment-là, comme absent, une lumière vive dans les yeux, des lèvres qui tremblaient un peu. Et tandis que nous repartions, je m'étais retourné à maintes reprises, me demandant si nous n'allions pas être rattrapés, emportés par ces ombres vivantes dont Justine ressentait la présence plus que n'importe qui.

Cela s'était reproduit plusieurs fois : aux Essarts, dans le Grand Travers, à Bramefond, et toujours Justine racontait ce qui s'était passé, ce qu'elle avait de ses yeux vu, elle le jurait sur la tête de la Sainte Vierge. Il me semblait qu'elle avait la faculté de découvrir les lieux de ces batailles qui la bouleversaient tant, qu'il était de son devoir de parcourir la forêt afin d'apporter de l'aide à celui ou celle qui en avait besoin. Je m'étais lassé de ces jeux qui, cependant, pour elle, n'en étaient pas. Les lieux en étaient restés gravés dans ma mémoire, et ce n'est que bien après la disparition de Justine que je les avais revisités, espérant retrouver là un peu de sa présence, un indice, peut-être, qui m'aurait mis enfin sur une piste.

Très longtemps, j'ai rêvé d'elle. Je ne la voyais pas dans la grande ville qu'elle était censée avoir rejointe, mais toujours dans la forêt. Le lendemain, dès l'aube, je me mettais en chemin, porté par un espoir nouveau, mais jamais elle ne s'était trouvée à l'endroit où je l'avais aperçue pendant la nuit. Pourtant, il me semblait qu'elle était là, tout près, qu'il m'aurait suffi de tendre la main pour sentir la sienne, que sa voix murmurait à mon oreille des mots dont je ne devinais pas le sens mais qu'il aurait été pourtant essentiel de comprendre.

Souvent, lors de ces expéditions solitaires, j'avais senti comme un souffle derrière moi et m'étais demandé si ce n'était pas celui de Justine. Je m'étais retourné brusquement, me retrouvant subitement hors du temps, avec la conviction qu'elle me suivait, que rien ne s'était passé. Un soir, alors que l'ombre s'étendait autour de moi, que je me trouvais seul sur un sentier éloigné, un grand cri – celui d'un oiseau inconnu – m'avait désigné à la vindicte des habitants d'un monde que j'avais cru n'avoir plus le droit d'habiter. Je m'étais senti coupable de me trouver là, et j'avais pressé le pas, comme pour échapper à une colère qui allait éclater si je n'y prenais garde.

J'avais réalisé alors que je devais cesser de parcourir ces sentiers sous peine de frôler la folie. J'avais une femme et une fille qui avaient besoin de moi. Je m'étais arrêté du jour au lendemain de rechercher Justine là où elle ne pouvait plus se trouver, mais je continuais de rêver d'elle. Et aujourd'hui, le fait de parcourir de nouveau mes bois, d'y travailler avec mes forestiers, me faisait retrouver mon état d'esprit de l'époque, les mêmes sensations malgré les années passées. Mais je n'avais plus peur : tous ceux qui avaient vécu ici avaient disparu, Jeanne était loin, Charlotte aussi. Rien ne pouvait m'empêcher de repartir sur les traces anciennes et de m'y perdre, de renouer avec ceux qui me manquaient tant.

Quand elle me voyait revenir, le soir, l'air absent, les yeux égarés, Solange me demandait :

— D'où viens-tu ?

Je ne répondais pas. Ce n'est qu'après de longues minutes, tandis que, ayant haussé les épaules, Solange s'affairait devant la cuisinière que je demandais :

— Pas de nouvelles de la petite ?

— Non.

Elle ajoutait, devinant ma déception :

— Pas de nouvelles, bonnes nouvelles. Elle va revenir, va, ne t'inquiète pas.

Et, comme je paraissais ne pas l'entendre :

— Où veux-tu qu'elle soit mieux qu'ici pour guérir ? Elle l'a compris, va !

Je ne savais plus très bien si c'était de Charlotte ou de Justine qu'il s'agissait, car elles finissaient parfois par se confondre.

— Tu veux que je reste ? demandait Solange.

— Non. Tu peux t'en aller.

Elle haussait de nouveau les épaules, souriait, puis elle rassemblait ses menues affaires dans un sac et, après un dernier regard vers moi, elle disparaissait, refermant précautionneusement la porte derrière elle.

Une fois mon repas terminé, j'évitais d'aller m'asseoir dans le salon et gagnais mon bureau pour y travailler. Devis, factures, courrier m'occupaient jusqu'à plus de minuit, puis je repassais dans le salon avant d'aller me coucher, espérant que, peut-être, quelqu'un m'y attendait. Mais non, il n'y avait personne. Dans ma chambre, je m'endormais d'un sommeil peuplé de très vieux rêves, de voix connues, d'odeurs inoubliables qui me restituaient avec une extrême précision ces années-là, comme si le temps avait reflué sur des plages secrètes, mystérieuses, en refusant de couler sur ma vie.

18

Juillet s'était achevé et je n'avais toujours pas reçu de nouvelles de Charlotte. Déjà le mois d'août avait rafraîchi les matins et fait basculer les soirs vers une ombre précoce qui annonçait le déclin de la saison chaude. Je repartais aussitôt après le repas, car je rentrais déjeuner depuis quelques jours, à la rencontre du facteur que je n'avais pas la patience d'attendre jusqu'au soir. Comme il n'y avait pas de vent, que la chaleur était encore lourde en milieu de journée, je respirais mal dans la cabine du Range et je me hâtais d'arriver sur les chantiers pour me mettre à l'abri des arbres. Je n'en ai pas eu le temps, cet après-midi-là, quand j'ai reconnu la voiture d'Étienne et compris qu'il était arrivé quelque chose.

— Une dent de la grue du porteur a cassé, m'a-t-il dit dès qu'il est descendu de sa voiture. La grume a failli tuer Laurent.

— Elle l'a touché?

— Une jambe cassée. Je viens de le conduire à Aiglemons d'où il a été transporté à l'hôpital.

— Pas d'autres dégâts?

— Non.

J'ai soupiré de soulagement. L'accident qui pouvait arriver à ces hommes jeunes, amoureux de la forêt, était ma hantise. Heureusement ils étaient adroits, durs au mal et ils savaient à quoi ils s'exposaient.

— Une fracture ouverte ? ai-je demandé.

— Non. Mais il souffrait beaucoup.

— J'irai demain. Ils l'auront opéré, ai-je ajouté en imaginant Laurent sur son lit de douleur.

Puis, revenant brusquement au présent :

— Ça s'est passé où ?

— Au bord de la route des Travers. Il déchargeait. Philippe a dû aller chercher le deuxième porteur, car la grume est restée au milieu.

— Allons-y !

Je suis reparti, à la fois furieux de ce contretemps et du danger qu'avait couru Laurent, un homme d'à peine trente ans, qui était marié et avait un enfant. Comme lors de chaque accident, je me sentais coupable : je me reprochais de ne pas assez vérifier le bon état du matériel alors que les machines étaient trop sollicitées, de ne pas assez insister, chaque matin, sur les dangers courus, sur les précautions à prendre, mais le travail pressait tellement que les hommes écoutaient à peine mes recommandations.

Tout en roulant, je songeais malgré moi aux accidents qui avaient jalonné les années passées, pas très nombreux, certes, mais tous graves. Et aujourd'hui, avec les Timber Jack sur les pentes abruptes de certains chantiers, on pouvait craindre le pire. Heureusement, les machines étaient fiables, capables de franchir sans verser des talus de six mètres ou de rester en équilibre sur un versant très accidenté. Les hommes savaient les manier à la perfection, ils ne prenaient jamais de risques inutiles, et leur efficacité était remarquable.

Mais dans ce travail en forêt on n'était jamais à l'abri de l'imprévisible, je le savais pour l'avoir vécu plusieurs fois. Et je me suis souvenu du matin où un forestier était venu m'apprendre l'accident de mon père. C'était en mai, la dernière année de Jeanne à Servières avant son départ au lycée. J'avais couru vers le camion, suivi par le forestier qui était venu à bicyclette depuis la combe des Buis. Tout en conduisant, j'avais beau lui poser la question de savoir si c'était grave ou pas, l'homme ne répondait pas. C'était le plus vieil employé de mon père, un bûcheron dont le corps était imprégné de l'odeur de la sciure et de la résine au point qu'il ne pouvait pas s'en débarrasser. Tout en conduisant, je hurlais dans la cabine :

— Qu'est-ce qu'il a ? Réponds-moi, nom de Dieu !

Mais l'homme demeurait muet, comme submergé par ce qu'il avait vu. Une fois le camion garé au bout de la piste, je m'étais mis à courir vers la coupe du bas où se trouvait le chantier. Il ne m'avait pas fallu longtemps pour comprendre qu'il n'y avait plus rien à faire : l'immense corps de mon père était couché sous les deux grumes qui avaient basculé sur lui, je me demandais bien comment.

— Elles ont glissé d'un peu plus haut, m'expliqua le chef d'équipe, accablé. Les deux bouleaux qui les retenaient ont cédé sous la troisième, quand le palan s'est décroché. Il n'a rien pu faire : il était trop près.

Mon père n'aurait jamais dû se trouver là, effectivement, si près de la grume soulevée. Et cependant, il s'y trouvait, comme si sa pensée s'était égarée, lui faisant oublier les règles essentielles de sécurité. Je m'étais penché sur ce grand corps, incapable de me persuader que c'était bien celui de mon père, ni de mesurer vraiment ce qui venait de se passer. Ce n'est que le soir, à Servières, dans la grande maison où se succédaient les voisins venus apporter leur soutien dans l'épreuve, que j'ai réalisé que mon père et ma mère étaient partis pour toujours, tous deux morts de chagrin. Porté en terre le surlendemain, Aristide laissait un gouffre dans la maison, non en raison de l'absence de sa voix, car il ne parlait plus, mais à cause de son corps immense qui ne se déplacerait plus depuis la salle à manger jusqu'à sa chambre, ni ne trônerait à l'extrémité de la table familiale, apparemment indestructible, fort et droit comme un chêne de plus de cent ans.

Cette brutale disparition m'a ébranlé beaucoup plus que je ne l'ai montré. Heureusement, Louise et Jeanne veillaient, et elles personnifiaient l'espoir. Comme on était en mai, les feuillus rever-dissaient sous la sève qui était montée à la fin de l'hiver, la forêt recommençait à vivre, les oiseaux pépiaient dans les branches hautes. La vie conti-nuait, comme toujours et, semblait-il, pour tou-jours, insensible aux chagrins des hommes, les entraînant dans son sillage, les gratifiant de sa force héritée des origines, de la naissance du monde. Alors, je m'étais laissé porter par elle le temps de retrouver l'énergie nécessaire, le temps de me remettre en marche, le temps d'oublier…

En arrivant sur la route de l'accident de Laurent, cet après-midi-là, j'étais encore remué par le sou-venir de mon père sous les grumes, et j'ai été sou-lagé de constater que le passage avait été ouvert par le deuxième porteur venu du chantier voi-sin. Il n'y avait plus de trace de l'accident, si ce n'étaient quelques morceaux d'écorce épars sur le macadam. Je me suis fait expliquer comment une pièce de la grue avait cassé, je l'ai vérifiée de mes yeux, puis j'ai donné des ordres pour qu'on la conduise chez le mécanicien d'Aiglemons. Après quoi, je me suis fait confirmer que Laurent ne souffrait que de la jambe droite et, pour être plus tranquille, j'ai décidé de me rendre à l'hôpi-tal au lieu d'attendre le lendemain.

Tout en roulant entre les arbres que j'observais machinalement sans vraiment les voir, les souve-nirs, de nouveau, m'ont envahi, mais ce n'était plus tout à fait les mêmes, car j'avais été rassuré par ce que j'avais constaté sur la route. Ç'aurait pu être beaucoup plus grave. Aussi, dans mon esprit, les fantômes noirs s'étaient-ils un peu éloignés, comme après la disparition de mon père. Cette année-là, en juillet, Louise avait décidé de garder Jeanne avec nous une année de plus, malgré la facilité avec laquelle la petite apprenait. Elle n'avait pas voulu qu'elle parte à onze ans : c'était trop tôt. Nous avions besoin de sa présence dans la maison devenue trop grande, et partir à son âge en pension, c'était bien jeune. Louise avait eu raison : cette période-là avait été une année heureuse, une des plus heureuses de notre vie. J'aimais rentrer le soir, voir la petite faire ses devoirs sous l'œil attentif de Louise, l'entendre rire, peupler à elle seule la cuisine et la salle à manger. Alors les jours, les semaines, les mois avaient passé, me faisant un peu oublier les disparitions, prendre conscience d'un bonheur que j'avais cru perdu pour toujours.

Louise et Jeanne ne craignaient pas la forêt, et je me disais que c'était parce qu'elles ne la connaissaient pas vraiment. Mais je ne le déplorais pas, au contraire : je savais qu'elles rêvaient d'ailleurs, Louise étant née dans une petite ville et Jeanne déjà prête à quitter le plateau sans le moindre regret. D'une certaine manière, cela me rassurait. Aussi n'avais-je pas vraiment souffert quand il avait fallu conduire Jeanne en pension l'année suivante. Louise avait simplement exigé que la petite rentre toutes les semaines, et nous allions tous deux la chercher en gare d'Aiglemons pour la ramener à Servières et l'écouter raconter comment elle vivait là-bas, les fastes de la grande ville qu'elle parcourait lors de la promenade des jeudis après-midi, les merveilles d'un savoir auquel nous n'avions eu accès ni l'un ni l'autre, les mystères des livres que l'enfant ramenait dans sa maison comme des trésors.

Elle était première dans toutes les matières, sauf en histoire. Le passé ne l'intéressait pas. Elle était entièrement tournée vers la vie, vers l'avenir, ce qui me réjouissait : je la savais autrement plus forte, autrement plus armée que Justine pour affronter le monde. Pendant la semaine, je trouvais avec Louise cette intimité qui nous avait manqué si longtemps, dans une solitude à deux qui ne nous pesait pas : Louise s'intéressait à la forêt et m'aidait efficacement, me rejoignant souvent sur les coupes, me portant le repas de midi ou même allant donner les instructions à la deuxième équipe si j'en étais empêché. Je m'étais aperçu qu'elle aimait les arbres autant que moi, qu'elle s'y attachait davantage, qu'elle trouvait tous les prétextes possibles pour ne pas éclaircir, sauver ceux qui pouvaient l'être jusqu'au dernier moment.

C'était elle qui m'avait fait prendre conscience de leur langage, jamais le même : murmures des hêtres, froissements doux des châtaigniers, rude caresse des chênes, souffle piquant des résineux. Aucun d'entre eux ne tenait le même discours : les épicéas argumentaient en finesse, les douglas avaient des jugements définitifs, hautains, qui n'admettaient pas la discussion, les mélèzes maniaient plus volontiers l'ironie, les pins se contentaient de rêver. J'avais été surpris qu'elle pût mettre des mots sur ce que j'avais toujours ressenti sans pouvoir le formuler. Elle était plus sensible, plus réceptive au monde que moi, tout simplement parce qu'elle était une femme.

D'ailleurs, les printemps réveillaient chaque année en elle des désirs de maternité, qui, hélas, ne s'étaient jamais confirmés. J'aurais bien aimé avoir deux ou trois enfants, et parmi eux un fils qui aurait poursuivi la tâche engagée par mon propre père. Mais ce n'avait pas été le cas et Louise en avait souffert sans jamais l'avouer, je le savais. Il faut croire que Jeanne avait puisé toute la force de sa mère, toute la sève emmagasinée dans son ventre, dans son corps. Que n'aurais-je donné, pourtant, pour avoir un fils ! C'est ce que je me disais chaque fois que je pensais à mon père, à notre complicité, nos secrets partagés sous les grands arbres de la forêt. « Écoute, disait la voix près de mon oreille, ils rêvent. » Et cette voix ne s'était jamais éteinte en moi, au contraire : elle venait me hanter chaque jour, dès que je pénétrais sous les frondaisons.

Comme d'habitude, la circulation en ville, passé cinq heures, ne permettait que d'avancer au pas, et j'ai eu la sensation, comme chaque fois, d'aborder un monde inconnu, hostile, dont l'agitation m'exaspérait. Je n'ai jamais rien compris à ces gesticulations des gens de la ville qui me font penser à des fourmis dont on a écrasé le dôme de terre et de brindilles et qui courent, affolées, dans toutes les directions sans savoir où elles vont. J'ai mis plus d'une demi-heure pour pouvoir m'approcher de l'hôpital et un quart d'heure à me garer. Dans la ville, ma force et mes certitudes ne parviennent pas à s'exprimer. Je me sens mal à l'aise, impuissant quand je dois adresser la parole à quelqu'un, alors que c'est de la colère qui bouillonne en moi, une sorte de révolte contre ce que je rencontre et ce que j'entends.

— Chambre 408, quatrième étage, m'a dit une jeune femme en blouse blanche, qui m'a dévisagé bizarrement, sans doute moins à cause de mon aspect physique que de l'odeur que je portais sur moi.

J'ai voulu prendre un ascenseur, mais c'était un ascenseur de service et je me suis fait refouler sans ménagement. Alors j'ai préféré monter à pied les quatre étages, puis j'ai frappé à une porte qu'a ouverte la femme de Laurent, une petite brune qui ne m'a pas paru trop inquiète dès l'abord.

— Alors ? ai-je dit en avançant pour serrer la main de mon forestier.

— Le péroné seulement, a répondu Laurent. On m'opère demain matin. Ce ne sera rien.

Je me suis tourné vers son épouse qui souriait. Ils étaient tous les deux originaires du plateau : ils savaient ce qu'était la forêt, le travail de la forêt, les risques que l'on y courait. Il n'y avait aucun reproche dans leur voix ni dans leur regard.

— Ne vous inquiétez pas, ai-je dit, tout est en règle. S'il y avait un problème, je ferais face.

Je parlais des cotisations indispensables à l'assurance accident, aux indemnités d'arrêt de travail, à tout ce qui pouvait mettre un blessé à l'abri du besoin.

— Je sais, a dit Laurent.

Je me suis fait expliquer une nouvelle fois comment c'était arrivé, pour quelle raison la grue avait cédé, mais ni l'un ni l'autre n'ont voulu épiloguer à ce sujet : c'était arrivé, un point c'est tout. Je suis resté encore quelques minutes et puis je suis parti en proposant de revenir le lendemain.

— C'est pas la peine, a dit Laurent, vous avez assez à faire là-haut.

— Je passerai vous donner des nouvelles, a ajouté la jeune femme brune. Je vais remonter ce soir, mais je redescendrai demain vers midi.

Elle m'a embrassé, ce qui m'a réconforté, car je m'en voulais toujours, me sentais coupable de négligence. Et, pendant tout le trajet vers le plateau, j'ai cherché une solution pour immobiliser les machines au moins une demi-journée tous les quinze jours, afin de les contrôler sérieusement. J'y étais absolument décidé : ce jeune couple si courageux, si confiant, venait de me rappeler à quels risques étaient exposés les forestiers.

Une fois à Servières, il était plus de sept heures, mais Solange m'avait attendu. Je lui ai expliqué brièvement ce qui s'était passé, ma visite à l'hôpital, l'opération du lendemain, puis je lui ai demandé s'il n'y avait rien de nouveau.

— Charlotte a téléphoné, a répondu Solange. Elle m'a dit qu'elle reviendrait dimanche, c'est-à-dire dans trois jours.

— C'est tout ?

— Oui.

— Tu aurais pu lui demander des nouvelles de sa jambe, tout de même.

— Je n'ai pas osé.

— Pas osé, toi ? Tu m'étonnes.

Je suis passé dans mon bureau en haussant les épaules. Solange m'a suivi, est restée comme à son habitude appuyée contre la porte.

— Dans trois jours tu sauras tout ce que tu veux savoir, a-t-elle dit, avec un rien de contrariété dans la voix.

Puis elle a ajouté :

— Tu as de la soupe sur la cuisinière, un reste de rôti et des petits pois dans le four. Je peux m'en aller ?

— Oui, merci.

— Alors à demain.

— À demain, Solange.

Dès qu'elle a eu disparu, j'ai souligné sur le calendrier la date du dimanche 26 août et je suis resté un long moment les yeux fixés sur le trait rouge, comme s'il figurait la fin d'une solitude que j'avais de plus en plus de mal à supporter.

19

Je m'étais levé tôt et j'attendais dans mon bureau, ayant calculé que si Charlotte roulait de nuit, comme lors de sa première visite, elle pouvait arriver dès neuf heures. En outre, comme on était dimanche matin, j'avais pensé qu'il ne devait pas y avoir beaucoup de circulation sur les routes. Depuis mon fauteuil, du fait que j'avais tiré un pan de rideau de la fenêtre, je levais de temps en temps la tête vers les cèdres entre lesquels débouchait le chemin. Charlotte était restée absente plus longtemps que je ne l'avais imaginé et, à mon avis, cela n'augurait rien de bon. J'en avais débattu avec Solange les jours précédents, mais elle n'était pas de mon avis : selon elle, Charlotte avait beaucoup de problèmes à régler avant de revenir : Paris n'était pas le plateau, les choses étaient là-bas autrement plus compliquées.

— Et comment tu sais ça, toi ? avais-je demandé avec de l'agacement dans la voix.

— Tout le monde le sait, sauf toi qui ne vis que dans la forêt, comme un ours des Carpathes.

Ne trouvant rien à répondre, j'avais haussé les épaules, refusé la discussion, mais je m'étais juré de ne rien trahir de mes craintes, de ne pas donner prise au moindre doute, de ne jamais m'apitoyer en présence de Charlotte.

À l'hôpital, l'opération de Laurent s'était bien passée, il n'y avait eu aucune complication. Sa femme descendait le voir tous les jours et venait me rendre compte de ses visites le soir. Je lui en étais reconnaissant : ces jeunes-là, au moins, ne songeaient pas à s'enfuir à la première difficulté. Ils n'étaient pas restés sur le plateau par hasard mais parce qu'ils aimaient cette vie proche des arbres, loin des villes et de leurs chimères. Pour éviter un nouvel accident, malgré le travail dont on ne pouvait venir à bout, j'avais donné des instructions de manière à immobiliser les machines une fois par mois, à tour de rôle, pour un contrôle chez le mécanicien.

Ce n'est pas la voiture de Charlotte, mais la bicyclette de Solange qui est apparue entre les cèdres. Je l'ai entendue ouvrir la porte, traverser le couloir, s'approcher de la porte de mon bureau. J'ai à peine répondu à son salut, ce qui l'a poussée à me demander, non sans une once d'ironie :

— Oui, je sais, ce n'est pas moi que tu attendais, mais il t'arrive de manger le dimanche, non ?

Et, comme je ne répondais pas :

— D'autant que tu ne seras pas seul à midi.

— Si tu connaissais l'heure de son arrivée, tu aurais pu me le dire.

— Elle m'a simplement dit qu'elle partirait de bonne heure.

J'ai failli m'emporter, mais j'ai préféré sortir pour ne pas commencer la journée de manière si désagréable. Une fois dans la cour, je suis parti avec le Range en direction d'Aiglemons et je me suis arrêté à l'atelier où j'ai longuement examiné les machines, comme pour y repérer les pièces qui, un jour, risquaient de casser. Mais je savais bien que c'était inutile, que seul un vrai mécanicien pouvait déceler la faille qui mettrait les hommes en danger. Je suis reparti vers Aiglemons où il y avait du monde sur la place. J'ai dépassé le bourg, conduit un peu au hasard pour tuer le temps, puis je me suis aperçu que j'avais pris la route qui traversait le plateau de part en part, celle par laquelle arriverait Charlotte. C'était ridicule. Il était bien trop tôt. Alors je me suis arrêté, j'ai pris une sente qui s'enfonçait dans la forêt et me suis mis à marcher droit devant moi, entre deux parcelles qui ne m'appartenaient pas et dans lesquelles j'aurais dû intervenir depuis longtemps. C'étaient des épicéas, pitoyables, brisés, qui, finalement, ont refermé la piste que je suivais, perdu dans mes pensées, réveillant l'impression qu'il n'y avait pas d'issue à une telle catastrophe, que jamais le plateau ne retrouverait son aspect, sa vigueur d'avant décembre 1999. Et une fois de plus la forêt brisée m'a fait penser à Charlotte, me donnant la conviction désagréable que leur sort était lié.

Excédé, j'ai fait demi-tour en direction du village et, sous le coup d'une idée subite, je me suis arrêté sur la place et me suis dirigé vers la boulangerie-pâtisserie où j'ai acheté des choux à la crème pour midi. Puis, comme je passais tout près de la maison de Laurent, je me suis arrêté de nouveau et j'ai pris sans plus réfléchir les gâteaux que j'ai portés à sa femme, laquelle m'a remercié en m'embrassant. Cette petite brune, qui se prénommait Odile, manifestait à mon égard une affection qui me touchait d'autant plus que je me sentais toujours responsable de l'accident survenu à son mari. Son fils devait avoir cinq ans, guère plus, et Odile lui a demandé de m'embrasser aussi, ce que l'enfant a fait sans la moindre hésitation, alors qu'il me connaissait à peine. Un peu ému, je ne me suis pas attardé dans la maison très simplement meublée, sans le moindre confort, que louaient les jeunes gens. Je suis reparti, satisfait d'avoir fait plaisir à une femme seule avec son enfant, alors qu'elle n'avait rien dont se réjouir en ce si beau dimanche.

Quand je suis arrivé à Servières, j'ai aperçu du haut du chemin la voiture de Charlotte dans la cour. Il était onze heures : elle avait dû partir à six heures du matin. Je suis entré dans la maison avec une certaine appréhension, me demandant comment j'allais la retrouver, plus fatiguée ou avec une meilleure mine, guérie ou davantage touchée par la maladie. Elle était assise dans la cuisine et discutait avec Solange. Dès qu'elle s'est tournée vers moi, j'ai su que le combat engagé était bien plus grave que je ne pouvais l'imaginer : la clarté de ses yeux verts, très pâles, faisait comme deux trous entre les cernes mauves que son sourire ne parvenait pas à masquer. La peau de son visage paraissait si fine qu'elle donnait l'impression de se froisser sur les veines devenues apparentes, un peu comme du papier de riz. Elle avait maigri, semblait flotter dans ses vêtements trop amples, mais elle avait changé de casquette, certes toujours à la Poulbot mais de couleur mauve aujourd'hui. Je l'ai embrassée sans la serrer dans mes bras, simplement les mains posées sur ses épaules un bref instant.

— À quelle heure es-tu partie ? ai-je demandé en m'efforçant de ne rien trahir de mon émotion.

— À six heures, a-t-elle répondu. Il fait jour très tôt en cette saison. Tu le sais bien.

Mon regard a croisé furtivement celui de Solange, dans lequel j'ai deviné le même trouble – comme une indicible peur. Je suis revenu vers Charlotte qui restait debout devant moi, sans songer à s'asseoir. Je l'ai soutenue sans ciller, et j'ai dit en lui prenant le bras :

— Viens avec moi. Laissons la sorcière à ses casseroles.

— Bastien ! Tu exagères ! s'est indignée Charlotte.

— Une sorcière ! ai-je répété sans provoquer la moindre réaction de Solange.

J'ai conduit Charlotte dans le salon et je lui ai dit en désignant le canapé où elle s'asseyait volontiers :

— C'est ta place. Tu te souviens, au moins ?

— Bien sûr ! Ça ne fait pas si longtemps.

— Plus d'un mois tout de même.

Elle a souri, étonnée que j'aie compté les jours. Je me suis assis en face d'elle, comme lors de son premier séjour, mais, contrairement à mes habitudes, je me suis mis aussitôt à parler – du temps, des parcelles à replanter, de l'accident de Laurent –, comme pour retarder le moment où elle allait prononcer les mots que je redoutais tant. Puis j'ai compris brusquement que ce flot de paroles était suspect et je me suis arrêté. Elle souriait de nouveau, mais d'un sourire douloureux qui a fait éclore une larme, une seule, qu'elle a effacée rapidement au coin de l'œil droit en espérant que je ne l'avais pas aperçue.

— Je t'ai laissé du travail, ai-je dit encore, mais sans conviction.

Puis, n'y tenant soudain plus :

— Alors ?

Elle a baissé les yeux, puis elle a relevé les paupières dans une sorte de défi :

— J'ai refait une chimio. La première n'a pas eu d'effet.

Et, comme je demeurais muet, cherchant à comprendre ce que ces quelques mots impliquaient :

— En tout cas pas assez.

— Celle-là sera la bonne ! ai-je dit aussitôt.

— Espérons ! a répondu Charlotte dans un soupir.

— Enfin ! Bien sûr que oui !

— Tu en étais déjà sûr la dernière fois, a-t-elle observé avec une nuance de reproche dans la voix.

J'ai accusé le coup, mais je me suis efforcé de n'en rien montrer.

— Tu vas guérir, ai-je dit. J'en suis absolument certain.

Un bref silence s'est glissé entre nous, tandis qu'elle me défiait des yeux, cherchait à me pousser dans mes derniers retranchements.

— Il ne t'arrivera rien tant que tu seras près de moi, ai-je ajouté alors, songeant vaguement à Justine qui avait été préservée du malheur tant qu'elle était restée à Servières, sur le plateau où elle était née.

Cette idée était un peu ridicule, je le savais, mais en même temps elle avait surgi en moi comme une évidence au moment où je m'y attendais le moins.

— Cet après-midi, je te parlerai de Justine, ai-je dit. Tu comprendras ce que je veux dire.

— Et pourquoi pas tout de suite ?

— C'est une longue histoire.

De nouveau le silence s'est installé, mais j'ai compris que j'avais trouvé là un moyen de capter l'attention de Charlotte, de lui changer les idées, peut-être de susciter en elle un nouvel espoir. Je lui ai parlé ensuite de la femme de Laurent, de l'enfant qu'ils avaient, du courage dont ils faisaient preuve, et il m'a semblé que Charlotte se sentait mieux.

Quand Solange a passé la tête pour annoncer que le repas était prêt, j'ai lancé :

— Reste déjeuner avec nous, tu l'as bien mérité.

— C'est bien la première fois qu'il me parle de mes mérites, a dit Solange à l'intention de Charlotte.

— Je veux être sûr que tu ne vas pas nous empoisonner.

C'est sur ce ton-là que s'est déroulé le repas, un ton d'une gaieté factice, trop exagérée pour ne pas être suspecte aux yeux de Charlotte, mais elle a bien voulu faire semblant de ne pas le remarquer et elle a pris naturellement le parti de Solange qui faisait face de son mieux à mes sarcasmes habituels. Puis elle est allée se reposer dans sa chambre avant même le dessert, car elle s'était levée tôt et se sentait fatiguée. Toujours assis, j'ai senti le poids du regard de Solange sur moi.

— Qu'est-ce qu'il y a ? ai-je dit d'une voix vibrante d'une colère à peine contenue.

Et, comme Solange se mettait à débarrasser la table en haussant les épaules :

— Qu'est-ce que tu veux que j'y fasse ? Je ne suis pas médecin.

Je me suis réfugié dans mon bureau où, dans un angle, depuis deux semaines, j'avais installé un petit lit. C'est là que je dormais de plus en plus souvent, comme si j'avais voulu ancrer ma vie dans un espace réduit, souhaitant inconsciemment y rassembler aussi mes forces avant la venue de Charlotte.

Je m'y suis allongé, j'ai fermé les yeux, mais je n'ai pas pu m'endormir. Je dormais d'ailleurs de moins en moins. Mais aujourd'hui, à cette heure-là, je savais pourquoi : je voyais passer et repasser devant mes yeux le geste hâtif de Charlotte quand elle avait essuyé le coin de sa paupière droite, et je mesurais à quel point elle était en danger, peut-être plus encore que lors de son premier séjour.

20

À quatre heures, pourtant, quand elle s'est levée, elle paraissait mieux qu'à son arrivée : plus détendue, moins sous l'emprise du mal qui était en elle et de la peur qu'il suscitait. Comme il faisait moins chaud qu'en juillet à la même heure, je lui ai proposé d'aller dans la forêt, au moins pour s'y asseoir si elle ne voulait pas marcher. Elle a accepté avec, m'a-t-il semblé, un peu d'impatience à retrouver cet univers si différent de celui qu'elle avait quitté au matin.

Je l'ai conduite dans les bois de Chènevrière où j'avais commencé à défricher et où je savais que les quelques feuillus encore debout avaient changé de couleur. Nous avons roulé en silence, feignant d'être attentifs seulement à la route, aux arbres sur les bas-côtés, alors que nous avions l'un et l'autre beaucoup de questions à poser. Une fois arrivés à destination, nous nous sommes assis face à face sur deux fûts qui attendaient d'être acheminés vers l'aire de stockage.

— Bientôt l'automne, ai-je dit en montrant de la main un hêtre qui avait échappé à la tempête.

Elle était moins pâle, semblait heureuse dans ces bois que la pluie de la semaine précédente avait presque régénérés, atteignant enfin l'humus desséché par la chaleur de l'été.

— Ça sent le champignon, a-t-elle observé.

— Non, pas encore, seulement à la fin septembre ou en octobre. Il faut qu'il pleuve davantage.

— Alors ? Qu'est-ce que ça sent ?

— La mousse, la fougère, l'écorce et surtout les feuilles qui ont commencé à se flétrir.

— Déjà ?

— Oui, déjà. Il n'y a que les résineux qui resteront verts.

— Seulement ceux qui sont debout.

— Oui, seulement. En hiver, leurs touffes vertes font comme des îlots perdus dans le rose cendré des feuillus. Mais si je t'ai amenée ici, c'est pour te montrer l'endroit où je vais replanter.

J'ai ajouté, une légère appréhension en moi :

— J'espère que tu m'aideras.

Charlotte a hésité un peu avant de répondre :

— J'espère aussi.

Je n'ai pas insisté, craignant qu'elle ne retrouve cette expression défaite, vaincue, qui était inscrite sur son visage à son arrivée. Des oiseaux ont traversé la clairière, disparu sous les voûtes des branches.

— Qu'est-ce que c'était ? a demandé Charlotte.

— Des geais.

— Tu connais tous les oiseaux ?

— Forcément. Dès mon plus jeune âge je cherchais les nids, chaque jour, sur le chemin de l'école.

— Il m'a semblé qu'ils étaient bleus.

— Ils ont une plume bleue de chaque côté du dos. Un très beau bleu, de la couleur de la mer.

— C'est vrai que tu as navigué, toi.

— Je m'en serais bien passé.

Cette allusion à la part la moins heureuse de ma jeunesse m'a renvoyé aussitôt vers le souvenir de Justine dont je lui avais promis de parler. Charlotte ne m'a d'ailleurs pas laissé le choix : il y avait trop longtemps qu'elle attendait ce moment et elle m'a dit avec de la tension dans la voix :

— Bastien ! C'est l'heure de tenir ta promesse.

Comment y échapper ? Je m'y suis décidé après beaucoup d'hésitations mais, au bout de quelques minutes, je n'ai plus songé à cacher quoi que ce soit, et pourquoi, d'ailleurs, l'aurais-je fait ? J'ai parlé longtemps, raconté mon enfance avec Justine, les légendes de la forêt, le Cavalier noir, la fée Oriande, l'enchanteur Maugis, les grandes peurs de Justine, son désir fou de quitter le plateau, son départ, son silence, l'inquiétude dans la grande maison, les recherches d'Aristide et de moi-même, la disparition inexplicable de Justine et tout ce qui en avait découlé : la mort de Clarisse, puis celle d'Aristide, le mystère qui durait depuis, sa présence dans mes rêves, la souffrance de ne pas savoir…

Quand je me suis enfin arrêté, Charlotte semblait atterrée et une sorte d'incrédulité se peignait sur son visage.

— C'est impossible ! s'est-elle exclamée. On ne disparaît pas comme ça. Ce n'était plus une enfant, tout de même ! Quel âge avait-elle au juste ?

— Vingt-trois ans.

— C'est impossible, a-t-elle répété.

Et, se rappelant soudain sa propre enfance :

— Pourquoi ne m'en a-t-on jamais parlé ?

Puis, sans me laisser le temps de répondre :

— Est-ce que ma mère était au courant ?

— Non. Elle était toute petite, et on a pensé que ce n'était pas la peine de lui encombrer l'esprit avec ça.

— Mais pourquoi ?

— Parce que l'on n'avait aucune explication à donner et qu'on pensait que ça lui ferait peur.

— Peur ? Ma mère ?

J'ai répondu dans un soupir :

— À quoi cela aurait-il servi ? Clarisse et Aristide étaient morts de chagrin. On ne voulait pas que notre fille en souffre également.

— Et Louise ?

— Nous avons vécu avec ça.

— Et vous n'avez pas continué à chercher ?

— Les enquêtes de police ont duré cinq ans. Je suis moi aussi allé à Bordeaux, je te l'ai dit. J'ai cherché dans toutes les villes traversées par la ligne de chemin de fer et je n'ai rien trouvé.

— C'est impossible, a répété Charlotte une nouvelle fois. On ne peut pas disparaître comme ça.

— C'est pourtant ce qui est arrivé.

— Non, Bastien! Je suis sûre qu'il y a une explication.

— Que veux-tu que je te dise? Sans doute une mauvaise rencontre dans le train ou à son arrivée à Bordeaux, à la gare.

Charlotte m'a dévisagé durement et s'est indignée :

— Mais comment as-tu pu accepter ça, Bastien?

J'ai hésité pendant quelques secondes en me demandant si, effectivement, je n'avais pas renoncé trop tôt, me découvrant coupable, tout à coup, sous son regard implacable.

— Je ne l'ai pas accepté, petite.

Et j'ai répété, sans détourner les yeux :

— Je ne l'ai jamais accepté.

Elle s'est levée, a fait quelques pas dans la clairière puis elle est revenue s'asseoir en disant :

— Il y a forcément une trace, un indice quelque part.

— Sans doute, ai-je dit.

— Tu n'as vraiment rien trouvé?

— Non.

— Moi, je trouverai! a-t-elle lancé d'une voix que je ne lui connaissais pas et qui prouvait une énergie dont je ne la croyais plus capable.

Il m'a alors semblé qu'elle avait oublié sa maladie, et j'en ai été confusément satisfait.

— Il faut tout me dire, Bastien, a-t-elle repris. Je suis sûre que tu as négligé quelque chose.

Et, comme je cherchais vainement dans ma mémoire :

— Qu'est-ce que c'était que ces légendes ?

— Dans toutes les forêts il y a des légendes qui se transmettent de génération en génération.

— Mais pourquoi lui faisaient-elles si peur ?

— Elle était trop fragile.

— De quoi avait-elle peur, au juste ?

— Du Cavalier noir.

— Explique-moi.

— Elle prétendait qu'il se battait avec Renaud, le fils du roi Aymon, et qu'elle assistait à ces combats dont le Cavalier sortait toujours vainqueur, qu'il fallait qu'elle quitte le plateau pour ne pas qu'il l'enlève…

Charlotte était stupéfaite. Elle ouvrait grand les yeux, incrédule, se demandait si elle avait bien entendu.

— Mais qu'est-ce que c'est que ces histoires, Bastien ? a-t-elle lancé d'une voix où perçait maintenant de la contrariété.

— Une légende, je te l'ai dit, et qui venait du Moyen Âge, du temps où Charlemagne poursuivait de sa colère Aymon et ses quatre fils, dont Renaud. Le Cavalier noir était son homme de basses œuvres, je suppose.

— Tu supposes ? Et c'est toi qui me dis ça, Bastien ?

Elle a ajouté, moqueuse :

— Tu ne vas pas prétendre que tu y croyais !

— Quand on est enfant, tu sais, on croit à tout ce qu'on entend. Moi, c'était plutôt la fée Oriande. François, mon camarade, prétendait qu'il l'avait vue, qu'elle était grande avec de longs cheveux blonds, et que sa robe bleue faisait sur le sol comme une flaque de lumière qui se déplaçait en même temps qu'elle.

— Tu l'as vue ?

— Non. Mais je n'ai pas cessé de la chercher.

Le silence nous a séparés un instant. Charlotte essayait de comprendre, mais elle ne parvenait pas à me croire.

— Enfin ! Voyons ! Bastien ! s'est-elle exclamée en riant.

— Tu n'as jamais été enfant dans la forêt, ai-je dit. Tu ne l'as jamais traversée pendant la nuit, ou couverte de neige, seule, avec la sensation d'une présence derrière toi ou disparaissant dans un éclair à dix pas devant toi. Tu ne t'es jamais perdue sans pouvoir retrouver ta route, tournant en rond avec la conviction d'aller tout droit. Tu ne sais rien de tout cela…

— Mais quel rapport avec Justine ?

— Je te l'ai dit : elle voulait fuir, elle avait peur depuis toujours.

— Mais enfin, Bastien ! Ce n'est pas pour ça qu'elle a disparu.

— Probablement pas.

— Il y a une explication, forcément.

— Personne ne le sait.

— Eh bien moi, je saurai ! a dit Charlotte avec une conviction qui, une nouvelle fois, m'a fait du bien.

— Je te souhaite d'avoir plus de réussite que moi.

— Il faudra tout me dire, Bastien, reprendre tout depuis le début, ne rien oublier.

Elle a réfléchi un instant, et demandé :

— Tu me le promets ?

— Tu ferais mieux de t'occuper de toi. C'est ta santé qui compte avant tout, plutôt que ces vieilles histoires.

— Ça m'aidera.

— Tu crois ?

— Écoute ! Bastien, je ne comprends pas qu'on puisse continuer à vivre après un tel événement sans chercher à savoir ce qui s'est réellement passé. C'est impossible.

— Il faut bien vivre pourtant. Et travailler pour vivre. Tu crois qu'on peut passer son temps à voyager, quand on a une femme et un enfant ?

Charlotte a baissé la tête en disant :

— Excuse-moi.

Puis, se redressant brusquement :

— La seule chose que je te demande, c'est de chercher dans ta mémoire et de ne rien passer sous silence.

— Puisqu'il le faut, je te le promets, ai-je dit. Mais pas aujourd'hui. Ça suffit comme ça.

Charlotte n'a pas insisté. Se redressant brusquement, elle s'est aperçue que le soir tombait, le soleil ayant déjà basculé de l'autre côté du plateau. La forêt avait cessé de respirer, et pas le moindre oiseau ne passait entre les branches qui s'inclinaient doucement. Une légère brume montait du sol, où la mousse et les aiguilles sentaient plus fort, tandis que la clairière paraissait se fer-

168

mer sur elle-même, comme une fleur privée de lumière.

— Puisque tu veux tout savoir, ai-je dit, nous allons attendre la nuit. Tu comprendras beaucoup de choses. À moins que tu ne sois trop fatiguée, que tu veuilles rentrer ?

— Non, a dit Charlotte. Ça va, ne t'inquiète pas.

— Je planterai des feuillus ici, ai-je ajouté au bout d'un moment, même si c'est plus difficile que de planter des résineux.

— Pourquoi replanter des feuillus si c'est plus difficile et si les résineux poussent plus vite ?

— Parce que rien ne me presse plus, puisque de toute façon je ne les connaîtrai pas adultes.

— Pourquoi dis-tu ça ?

— Parce que j'ai soixante et onze ans.

Et j'ai ajouté aussitôt, pour ne pas la laisser protester vainement :

— Je veux que cette forêt redevienne ce qu'elle a été. Je veux que tout recommence, comme avant.

La nuit tombait vite à présent, comme une brume portée par le vent, et c'est à peine si je distinguais les traits de Charlotte.

— Je te promets une chose, a-t-elle dit doucement, si doucement que je l'ai à peine entendue : si je guéris, je m'en occuperai, de ta forêt. Peut-être pas ici même, mais d'où je vivrai. Tu m'as bien dit que tes forestiers étaient formés à l'informatique ?

— Oui.

— Et que tu avais un chef d'équipe compétent ?

— Oui. Mais je ne t'en demande pas tant, petite.

— C'est moi qui te le demande, Bastien.

Quelque chose de chaud, d'infiniment précieux, s'est mis à vibrer en moi, auquel, pourtant, je n'osais croire. Je n'ai pas voulu accorder trop de crédit à ces paroles et je me suis dit que Charlotte oublierait le plateau dès qu'elle serait guérie. Pourtant, cette vague chaude, bienfaisante, est demeurée en moi un long moment. La nuit était là, maintenant, étendue sur les bois comme un drap. Je distinguais à peine la silhouette de Charlotte, dont la jambe droite battait régulièrement contre le tronc sur lequel elle était assise. Nous ne parlions plus, nous attendions nous ne savions quoi. Un froissement a agité les branches, faisant passer sur notre dos une sorte de caresse légère.

— Le vent, ai-je dit, comme pour la rassurer, car elle avait sursauté.

Puis, là-bas, à une trentaine de mètres, une sorte de plainte s'est élevée, qui s'est rapidement éteinte. Une grande ombre est passée sur la clairière, celle d'un nuage glissant sous la lune.

— Qu'est-ce que c'est ? a demandé Charlotte.

— Rien, ai-je dit, un nuage. Nous allons rentrer.

— Restons encore un peu.

Nous sommes ainsi demeurés dix minutes immobiles, écoutant la forêt respirer doucement, puis un souffle plus fort, vaguement inquiétant, a soulevé les branches des résineux, comme pour se frayer un passage. Charlotte s'est retournée brusquement, cherchant dans l'obscurité ce qui avait bien pu agiter les frondaisons. Mais il n'y avait rien, sinon l'ombre des bois devenue plus épaisse.

Quand enfin nous nous sommes dirigés vers le Range situé à l'extrémité de la clairière, elle s'est retournée de nouveau plusieurs fois, persuadée d'une présence à proximité. Elle n'a fait aucun commentaire et a gardé le silence tout le temps qu'il nous a fallu pour regagner l'abri de la maison. Puis, elle a à peine mangé au cours du repas et, songeuse, se disant épuisée, elle a gagné très vite sa chambre.

21

Au cours des jours qui ont suivi, elle s'est lancée dans de mystérieuses recherches avec son ordinateur, qui l'ont tellement occupée qu'elle en a négligé les factures et le secrétariat auquel elle m'avait habitué lors de son premier séjour. Je me suis bien gardé de lui en faire la remarque, et je les ai négligés moi aussi, d'autant que le soir, fidèle à ma promesse, je parcourais de nouveau le chemin de ma vie, cherchant les indices qui auraient pu m'échapper, répondant le plus précisément possible aux questions qu'elle me posait, assise face à moi sur le canapé qu'elle avait retrouvé, avec, me semblait-il, un vrai plaisir.

C'est devenu un rite, entre nous, une sorte de rendez-vous obligé que ni l'un ni l'autre ne songeaient à éviter, même si c'était pour des raisons différentes. Ces préoccupations aidaient Charlotte à oublier le mal qui était en elle, et moi je m'efforçais de lui montrer que j'avais fait tout ce qui était en mon pouvoir pour aider Justine, d'abord, et ensuite pour la retrouver.

J'avais besoin de me justifier et je ne refusais de répondre à aucune de ses questions ; je fouillais ma mémoire, au contraire, racontais comment je rassurais Justine au retour de l'école, l'hiver, quand, la nuit étant tombée, il ne fallait pas s'écarter du chemin à moitié dissimulé sous la neige. Je racontais comment elle refusait d'avancer, se disant persuadée que nous étions perdus, qu'il fallait que j'aille chercher du secours et qu'elle ne bougerait pas, qu'elle attendrait que je revienne.

— Et toi, tu n'avais pas peur ?

— Parfois, mais ça ne durait pas, alors qu'elle continuait de trembler bien après que nous avions trouvé l'abri de la maison.

— C'est normal quand on est enfant d'avoir peur. Mais elle a grandi, tout de même ! Tu m'as dit qu'elle était partie à vingt-trois ans.

— Oui, c'est vrai. Mais même pendant les dernières années, elle a continué de vivre dans son monde, où j'avais du mal à la rejoindre comme elle l'aurait souhaité. Peu avant son départ, un jour, elle m'a conduit vers un rocher situé dans les Travers où, prétendait-elle, était incrusté le sabot de Bayard, le cheval du cheva-lier Renaud.

— Encore ces histoires ! s'est exclamée Char-lotte. Est-ce possible de croire à des sornettes pareilles !

— Elle n'était pas la seule, à cette époque-là. Je t'ai déjà dit que la forêt a toujours été le monde

des légendes, celui où la réalité s'efface, se trans-
forme, où tout peut arriver.

— À ce point, tout de même ! Qu'est-ce que tu
en sais, toi, de tout ça ?

— Ce que j'en ai entendu : Renaud et ses
trois frères, les fils du roi Aymon, poursuivis par
Charlemagne depuis les Ardennes se seraient
réfugiés ici avant de passer en Aquitaine. Ils
étaient les cousins de l'enchanteur Maugis, lui-
même apparenté à la fée Oriande qui lui aurait
donné Bayard, le cheval-fée.

— Enfin ! Bastien ! Un cheval-fée, et qui aurait
incrusté ses sabots dans un rocher de la forêt !
Mais d'où ça sort, tout ça ?

— C'est écrit quelque part, je ne peux pas te
dire où, mais il y a des textes, j'en suis sûr.

— Eh bien, je vais les chercher !

— Je croyais que tu te consacrais à Justine.

— C'est toi qui m'as dit que tout était lié.

— Je t'ai dit aussi que tu ferais mieux de penser à te reposer.

— Il faut que je m'occupe l'esprit, Bastien,
c'est indispensable.

Pendant quelques jours, nous n'avons plus
parlé des légendes, mais de Justine elle-même,
des circonstances de son départ, de mon voyage à
Bordeaux, des villes où je m'étais arrêté.

— J'ai lancé des recherches par Internet dans
toutes ces villes, m'a confié Charlotte un soir,
d'un air mystérieux.

— Comment as-tu fait ?

174

— Ce serait un peu long à t'expliquer. Il existe des moteurs de recherche, des sites, des listes de noms propres tout simplement.

— Et tu as trouvé quelque chose ?

— Non. Rien encore. En revanche, j'ai trouvé trace de tes légendes. Elles figurent dans le manuscrit La Vallière, qui fait partie des collections de la Bibliothèque nationale à Paris. En fait, c'est une copie du treizième siècle en un peu plus de dix-neuf mille vers, mais elle a été transformée au cours des siècles qui ont suivi, pour devenir un vrai roman d'aventures dans des versions en prose qui se sont développées dans la littérature de colportage, Troyes ayant été le centre des plus belles éditions. On peut donc en déduire que c'est par le colportage, mais aussi, sans doute, par les troubadours qu'elles sont arrivées jusqu'ici.

J'ai été plutôt satisfait d'entendre ces mots-là. Il m'a semblé que Charlotte était devenue moins sceptique, en tout cas moins hostile à ce que je lui avais raconté. D'ailleurs, elle a poursuivi :

— Effectivement, au cours d'une dispute à la Cour, les quatre fils d'Aymon ont été longtemps poursuivis par Charlemagne, et jusqu'en Aquitaine, depuis les Ardennes. Ils n'ont dû leur salut qu'à l'aide de l'enchanteur Maugis, lequel a donné Bayard à Renaud après l'avoir reçu de la fée Oriande. Après bien des péripéties, ils se sont rendus en Gascogne auprès du roi Yon et c'est à cette occasion-là qu'ils sont passés ici. À la fin, au terme de nombreuses batailles et de sièges,

Maugis se serait fait ermite, les quatre frères, pour ne pas mourir de faim dans Montauban assiégé, auraient mangé leurs chevaux, sauf Bayard, évidemment, puis ils auraient trouvé un souterrain pour s'enfuir et auraient regagné la Rhénanie, d'où le fait que la légende ait été aussi vivace là-bas. Une nouvelle fois assiégés, ils auraient accepté de livrer Bayard, mais le cheval, jeté dans la Meuse avec une lourde pierre au cou, se serait délivré et, après s'être moqué une dernière fois de Charlemagne, se serait enfoncé dans la forêt des Ardennes. Quant à Renaud, une fois revenu de Terre sainte où il s'était rendu pour le salut de son âme, il se serait engagé comme simple manœuvre au chantier de construction de la cathédrale de Cologne.

— Et le Cavalier noir ? ai-je demandé.

— J'en ai trouvé une trace, mais pas dans le cadre de cette légende. Je suppose qu'elles se sont mêlées au fil des récits, et qu'il est devenu l'ombre portée de Charlemagne, le symbole de sa colère et de sa menace – le symbole du mal et de la mort, en quelque sorte.

Puis Charlotte s'est tue brusquement, avant de demander doucement :

— Crois-tu que Justine connaissait tout ça ?

— Non, je ne pense pas. Elle n'en avait appris que des bribes dans les veillées. Sa fragilité et son imagination ont fait le reste.

— Mais crois-tu qu'il y a un rapport entre cette légende et sa disparition ?

— Avec sa disparition : non. Avec son départ : oui.

Charlotte a soupiré, puis elle a murmuré comme pour elle-même :

— C'est quand même troublant. Comment des légendes peuvent-elles devenir aussi fortes, aussi puissantes qu'elles finissent par se traduire dans une mémoire collective, un savoir ancestral, et jusqu'à s'inscrire, pour certains êtres, dans la réalité ?

— À cause de la forêt, je te l'ai déjà dit. C'est là qu'elles se confortent, dans leurs mystères et leurs secrets.

Charlotte m'a jeté un regard qui avait perdu de son hostilité.

— Tu as peut-être raison, Bastien.

Ensuite, elle est demeurée plongée dans sa réflexion pendant de longues secondes, puis elle m'a posé cette question bizarre :

— Est-ce que tu crois possible qu'un peu de l'esprit de ceux qui ont disparu reste présent dans les lieux où ils ont vécu ?

— Je n'en sais rien, ai-je répondu. Comment veux-tu que je réponde à une question pareille ?

— Est-ce que tu l'as ressenti, toi, Bastien, quelquefois ?

— Bon Dieu, Charlotte ! Qu'est-ce que tu me demandes là ? Est-ce que je le sais, moi ?

— Oui, Bastien, je crois que tu le sais.

Il m'était arrivé, effectivement, de sentir près de moi mon père sur les chemins de la forêt où nous marchions le plus souvent ; de sentir aussi la présence de Louise dans la maison où nous avions vécu si longtemps ensemble, mais je ne m'étais jamais interrogé plus avant sur ces sensations dont je m'étais contenté de me réjouir. De surcroît, il me semblait qu'elles s'estompaient au fur et à mesure que le temps passait.

— Je ne suis sûr de rien ! ai-je fini par répondre.

— Tu sais que les Indiens d'Amérique pensent que les âmes des morts restent une année proches des vivants, lesquels doivent s'en détacher pour leur permettre de gagner les grandes prairies de leurs ancêtres.

— Écoute, Charlotte, ça ne nous mènera nulle part, tout ça. Restons-en là. Quelles que soient les raisons pour lesquelles Justine nous a quittés, ce qui compte, c'est seulement de savoir où elle a disparu et pourquoi.

— Oui, tu as raison, sans quoi nous risquons de nous y perdre aussi.

Et, pendant les jours qui ont suivi, nous avons repris une conversation plus terre à terre, plus proche de mes préoccupations quotidiennes. Je me suis alors rendu compte, que sa santé, de nouveau, l'inquiétait. De temps en temps, sans même en être consciente, elle palpait sa jambe malade, son visage se fermait, une ombre passait dans ses yeux, qu'elle s'efforçait de chasser en changeant de position, et je me demandais, sans doute comme elle, si le mal progressait.

C'est à l'issue de ce geste qu'elle ne pouvait réprimer qu'elle m'a demandé un soir, alors que nous avions parlé jusqu'à minuit, et que je m'apprêtais à aller me coucher :

— Pourquoi moi, Bastien ?

Et elle a repris, tandis que je me demandais ce qu'elle avait voulu dire exactement :

— Qu'est-ce que j'ai bien pu faire de mal, dans ma courte vie, pour être châtiée de la sorte par une tumeur cancéreuse ?

Je n'avais évidemment aucune réponse à cette question. J'ai répondu ce qui me venait immédiatement à l'esprit, sans prendre le temps d'y réfléchir :

— Les arbres aussi tombent malades, et on ne peut pas les accuser de quoi que ce soit.

Et je lui ai énuméré les maladies qui, périodiquement, les frappaient : l'encre des châtaigniers, la gélivure des chênes, l'ips des épicéas, plus récemment la graphiose des ormes.

— Ils s'en sortent toujours, ai-je ajouté. Avec le temps, ils trouvent toujours une solution.

— Mais certains meurent.

— Rarement les plus jeunes, car ce sont les plus vigoureux.

Ce n'était pas tout à fait la vérité. Cette nuit-là, j'ai senti que nos conversations pouvaient faire à Charlotte plus de mal que de bien et je lui ai proposé de nous en passer pendant quelque temps.

— Cela ne t'empêchera pas de continuer tes recherches, si tu le souhaites, et moi de mieux

179

rassembler mes souvenirs. Et puis, il faut à tout prix que je m'occupe de tous ces papiers sur mon bureau, sinon je ne m'y retrouverai plus.

— Je t'aiderai, Bastien, comme avant.

J'ai compris que, comme moi, elle avait ressenti le besoin de souffler, de prendre du champ par rapport à tout ce que nous avions découvert, et que c'était dans le travail quotidien que nous y parviendrions le mieux.

22

Une semaine plus tard, j'ai invité Étienne à déjeuner, un dimanche, dans l'intention de le présenter à Charlotte, mais surtout pour parler travail et, ainsi, nous ancrer davantage dans le présent en oubliant le plus possible le passé. Je m'y étais décidé non sans appréhension, tant ils étaient différents l'un de l'autre, aussi bien sur le plan physique que par la vie qu'ils avaient menée jusqu'à ce jour. Charlotte n'en avait pas paru émue le moins du monde, mais Étienne avait dû faire un effort sur lui-même pour accepter une invitation dont il n'attendait rien.

Ils se sont dit bonjour sans s'accorder le moindre regard, ou alors furtivement, mais j'ai compris qu'il était davantage troublé que Charlotte, laquelle était habituée à côtoyer des gens qu'elle ne connaissait pas. Elle avait aidé Solange à préparer le repas, mais ne s'était pas changée au moment de passer à table, voulant peut-être me montrer qu'il n'y avait dans ce repas rien d'extraordinaire. Je n'avais évidemment aucune arrière-pensée, sinon, comme je l'ai dit, de redonner la priorité au travail, à la forêt, et nous extraire, Charlotte et moi, de ce passé trop chargé de souffrance. Étienne, grand, brun, sec, l'œil noir, et mal à l'aise de toute évidence ; elle fragile, les yeux clairs, pâle, coiffée d'une casquette qui avait un instant arrêté le regard d'Étienne ; ils ne paraissaient pas du même monde et, d'ailleurs, ils ne l'étaient pas. Un seul sujet pouvait les rapprocher : la forêt.

J'ai donc tout de suite soulevé les difficultés que nous causaient les scieries industrielles qui, sous l'afflux du bois, n'accepteraient plus à l'avenir, avaient-elles décrété, que de travailler les arbres qui donnaient plus de trois mètres cubes. Or un épicéa de quarante ans, donne, en moyenne, s'il a poussé en terrain favorable, deux mètres cubes et demi. Qu'allions-nous faire de ceux qui étaient plus jeunes et qui, comme les autres, étaient par terre ?

— Les laisser où ils sont, a suggéré Charlotte.

— C'est impossible, ai-je dit, ils nous empêcheront de passer et, s'ils sont malades, ils contamineront toute la parcelle.

— Quitte à couper plus petit, a alors dit Étienne, ne les coupons pas en grumettes, mais en billons de deux mètres, pour la pâte à papier ou la menuiserie. Il est probable que ces secteurs-là auront plus vite éliminé les surplus que la charpente ou l'industrie.

— Tu as raison, ai-je dit, ça mettra le temps que ça mettra, mais c'est sous cette taille qu'ils partiront le plus vite.

— Et peut-être faut-il privilégier le débardage des résineux, a poursuivi Étienne. Les feuillus se régénèrent plus facilement.

Je savais, moi, depuis la tempête de 1982, que les résineux, contrairement à ce que beaucoup pensent, se régénèrent aussi, qu'il faut seulement beaucoup de lumière, notamment en ce qui concerne les pins sylvestres, et donc beaucoup de travail d'éclaircie. Mais je savais aussi qu'il était plus facile de réussir une replantation en résineux qu'en feuillus. J'ai fait part de mes convictions à Étienne, qui a répondu :

— L'avantage de la régénération, c'est qu'il naît beaucoup d'arbres en peu d'espace, et que les chevreuils ne peuvent pas les détruire entièrement comme c'est parfois le cas dans une replantation.

Il m'a semblé que Charlotte l'observait maintenant avec des yeux différents, plus attentifs, comme si elle le découvrait vraiment. Pourtant, il demeurait fidèle à lui-même, parlait doucement, calmement, sans vouloir attirer l'attention sur lui. Je savais tout de lui car il s'était confié à moi quand je l'avais embauché : il était orphelin de père et de mère, avait été adopté par une famille aisée de Clermont-Ferrand, avait fait des études universitaires de chimie, mais avait renoncé à partir travailler dans la vallée du Rhône comme on le lui avait proposé. Ses diplômes en poche, il avait préféré regagner le plateau où il était né, entreprendre de nouvelles études à l'école forestière dont, grâce à son niveau d'instruction, il était venu à bout très facilement.

C'est alors qu'il avait cherché du travail et que je l'avais vu arriver, un soir de 1996, humble et démuni de tout, après avoir coupé les ponts avec sa famille, qui n'avait pas accepté ce qu'elle considérait comme un renoncement à une brillante carrière d'ingénieur chimiste. C'est ce qui m'avait séduit en lui : ce choix de revenir vers le socle où il était né par une sorte de fidélité à quelque chose d'essentiel, cette décision de renoncer à des revenus importants, d'adopter une vie plus dure, plus âpre, à l'inverse de tous ces jeunes qui partaient vers les villes où les attendait un confort impossible ici. En tant que contremaître, je le payais davantage que les autres forestiers, mais pas du tout comme il aurait pu l'être ailleurs. Il n'habitait pas à Aiglemons, mais dans un petit hameau, à cinq kilomètres de là, en plein cœur du plateau, dans une maison qu'il retapait lui-même dès qu'il en avait le temps. Je ne lui connaissais pas de petite amie, mais je savais que, outre les arbres, il s'intéressait à l'ornithologie et qu'il avait fait des conférences – ou plutôt des causeries – à ce sujet dans les bourgs autour du plateau...

Il n'en a évidemment pas été question ce jour-là, et la conversation est demeurée axée sur le travail : la tête d'une coupeuse endommagée à remplacer, le nom des propriétaires qui attendaient depuis le plus longtemps, une réunion avec les représentants du Conseil général qui projetaient d'aménager une aire de stockage de cinquante mille mètres cubes dans une ancienne carrière pour les douglas et les épicéas, la recherche de débouchés à l'étranger, essentiellement dans les pays qui n'avaient pas souffert de la tempête.

— J'y travaille, a dit Charlotte à ce moment-là. J'ai même commencé à Paris, mais il n'y a rien à faire pour le moment : la surproduction est trop importante.

Étienne a eu l'air surpris, surtout quand elle a ajouté :

— Je ne renonce pas, mais pour le moment, ce n'est vraiment pas possible.

Elle ne m'avait pas dit qu'elle essayait de sauver ce qui pouvait l'être en matière de commercialisation du bois, mais je savais que quelque chose, ici, l'avait attachée, comme si notre combat était un peu devenu le sien, comme si son sort était désormais lié à celui de la forêt.

Quand Étienne est parti vers trois heures, cet après-midi-là, je n'ai pu m'empêcher de demander à Charlotte comment elle le trouvait. Sa réponse, cinglante, m'a assommé pour le compte :

— Trop bien pour lui suggérer une romance avec une jeune femme qui, un jour, peut se retrouver unijambiste.

— Nom de Dieu ! Charlotte ! ai-je lancé.

— Tu le vois toute la journée, et c'est le dimanche que tu prétends parler du travail avec lui ? Ne me dis pas que tu l'as invité ici par hasard, je ne te croirai pas.

Je me suis senti tellement mortifié que j'ai failli répliquer violemment, mais c'est un sentiment confus de culpabilité qui m'en a empêché. J'ai préféré sortir et me réfugier sous le chêne, où je me suis assis sur le banc en me traitant de tous les noms, conscient que j'étais de ne rien comprendre à la psychologie féminine, et pas davantage, sans doute, à celle de mes semblables. Je vivais seul depuis trop longtemps pour essayer de penser, de temps en temps, à la place des autres. Tandis que je me jurais de ne jamais plus prendre ce genre d'initiatives, Charlotte est apparue et s'est assise à mes côtés sans un mot. Puis, au lieu de me poursuivre de ses sarcasmes, elle m'a seulement dit :

— Si tu pouvais me donner la liste de toutes les parcelles dont tu es propriétaire, je les rentrerais dans mon ordinateur, avec leurs surfaces respectives et les essences qu'elles contiennent.

— Il faut que je les retrouve, ai-je dit. Elles figurent dans les différents dossiers, avec une copie des actes correspondants.

— Je le ferai, moi, si tu me montres où sont ces dossiers.

Et elle a ajouté, sans me laisser le temps de répondre :

— Je sais bien que tu n'as pas le temps.

— Je te montrerai quand tu voudras, ai-je dit.

— Ça fait combien d'hectares ?

— Je ne sais pas exactement. Une soixantaine, à peu près.

Elle a réfléchi un moment, puis elle m'a posé une question inattendue :

— À partir de combien d'hectares peut-on vivre uniquement de l'exploitation de ses arbres ?

J'ai rapidement fait un calcul dans ma tête et j'ai répondu :

— Pas à moins de trois cent cinquante hectares.

— Et ça existe, ici, ce genre de propriétaires ?

— Deux ou trois, pas plus.

— Tu les connais ?

— J'en connais un, oui. À une quinzaine de kilomètres. C'est le survivant d'une famille très ancienne qui habite un château, ou plutôt aujourd'hui les dépendances, car il a du mal à entretenir le château lui-même. Il doit avoir soixante ans : c'est le petit-fils de ceux que j'ai connus car nous allions y travailler avec mon père. Des gens qui vivaient comme au dix-neuvième siècle, sans jamais sortir de chez eux, et dont les enfants ont dû partir car ils ne voulaient rien leur donner, ne s'en occupaient pas. Certains ont mal tourné, l'un d'entre eux est mort jeune, à Paris, dans des conditions louches ; un autre est enfermé, à ce qu'on dit, dans une maison de santé à Toulouse, une des filles a vécu à l'étranger – en Autriche, je crois –, puis elle est revenue et s'est enfermée dans le château. Aujourd'hui, c'est l'un de ses fils qui habite là-bas, et qui gère le domaine, non sans se battre avec ses frères et sœurs qui voudraient vendre.

— Drôle d'histoire et drôles de gens ! a observé Charlotte.

— Dans la solitude on ne rencontre que soi-même, ai-je dit, et il vaut mieux entretenir de bonnes relations avec soi, ne pas avoir trop de reproches à se faire, sans quoi…

— Sans quoi ? a insisté Charlotte.

Je me suis tu. Elle en savait assez pour répondre elle-même aux questions qu'elle se posait. C'est moi, au contraire, qui lui ai posé la question qui me brûlait les lèvres :

— Mais pourquoi me demandes-tu tout ça ?

— Tout ça, quoi ?

— La surface des propriétés, les familles de forestiers, je ne sais quoi encore.

— C'est pour être au courant quand je serai mariée avec l'un de ces prétendants que tu m'amènes si charitablement.

Nous avons ri tous les deux de bon cœur. L'incident était oublié. C'est alors qu'elle a ajouté, comme en secret :

— Je n'ai pas voulu en parler pendant le repas, mais j'ai eu un contact en Belgique : un gros marchand qui possède plusieurs scieries industrielles et qui achèterait des douglas et des épicéas un peu en dessous du prix d'avant la tempête. Le seul problème, c'est qu'il faudrait toi-même assurer le transport. Est-ce que je dois aller plus loin ?

— Essaye ! ai-je répondu. Les prix vont descendre au moins pendant cinq ans. Alors autant vendre, même à perte.

Nous sommes ensuite restés silencieux un long moment, puis elle m'a demandé :

— Tu replanteras quand, Bastien ?

— On commence en mars, et ça peut durer jusqu'en juin.

Elle n'est pas allée plus loin, et j'ai compris qu'elle se demandait où elle serait dans cinq mois, que d'un coup toutes les questions qu'elle se posait au sujet de sa santé lui étaient revenues à l'esprit.

— De toute façon, je t'attendrai, ai-je dit.

Elle s'est tournée vers moi et a demandé en riant :

— Qu'est-ce que je deviendrais sans toi, Bastien ?

23

Pendant les jours qui ont suivi, le repas avec
Étienne est demeuré entre elle et moi un sujet
de plaisanterie. Chaque soir, quand je rentrais,
elle me demandait comment allait « son fiancé »,
et cela suffisait à nous mettre de belle humeur
pour la soirée. Au-dehors, le temps changeait, les
longues journées de soleil devenaient plus rares
et, vers la mi-septembre, la pluie s'est installée.
Une petite pluie fine, tiède, mais qui portait déjà
en elle le changement de saison. Le travail n'en
souffrait pas encore mais cela ne tarderait pas.
C'est pourquoi on travaillait de l'aube jusqu'à la
nuit et je ne rentrais plus à midi.

Au fur et à mesure que les jours passaient, je
sentais Charlotte se rapprocher de nouveau du
passé, devinais qu'il y avait là une sorte d'urgence
pour elle, probablement parce qu'elle allait repartir. Il s'était écoulé un mois depuis son retour et
je ne doutais pas qu'elle allait devoir effectuer le
contrôle, au sujet de sa jambe, auquel elle avait
fait allusion à plusieurs reprises ; un contrôle
qu'elle redoutait et repoussait, me semblait-il,

de jour en jour. Sous cette pression-là, je n'ai pu refuser de parcourir de nouveau les chemins de ma vie avec elle, mais j'ai essayé de parler surtout de la forêt, non de la disparition de Justine et de ses conséquences. Qu'aurais-je d'ailleurs pu ajouter que Charlotte ne sache déjà ? Que malgré moi j'avais continué à guetter le facteur chaque jour ? Que je ne pouvais m'empêcher d'évoquer Justine devant Louise chaque fois que nous passions à proximité d'un lieu où brusquement un souvenir m'assaillait ? Mais rien, alors, ne s'était manifesté qui aurait pu apporter la moindre clarté à l'ombre douloureuse de sa disparition.

Malgré mes ruses, mes affirmations selon lesquelles je lui avais tout dit, Charlotte y revenait sans cesse.

— Tu n'as pas essayé de recourir à un radies-thésiste ? Tu sais, ce genre de sorciers qui trouvent des disparus avec un pendule ? Je suppose que ça devait exister dans la région.

J'ai répondu, mais de mauvaise grâce :

— Je crois que Louise l'a fait. Elle ne pouvait supporter de me voir hanté comme je l'étais. Mais si elle ne m'en a jamais parlé, c'est parce qu'elle n'a rien appris de nouveau, du moins je le suppose.

— Mais toi, Bastien, tu n'y crois pas ?

— Non, pas du tout.

— Eh bien moi, je l'ai fait : j'ai contacté un homme sur Internet.

— Arrête, Charlotte, ce n'est pas drôle.

— Figure-toi que cet homme prétend savoir où elle se trouve.

Je me suis levé brusquement, comme fou, et je suis parti dans mon bureau mais elle m'y a suivi en disant :

— OK. On n'en parle plus.

J'étais dans un tel état de colère qu'elle n'a pas cru devoir insister et qu'elle a quitté la pièce aussitôt. Je me suis couché, mais je n'ai évidemment pas pu dormir un seul instant de toute cette nuit-là. J'avais toujours pensé que les radiesthésistes étaient des gens qui exploitaient le malheur des autres pour leur extorquer de l'argent et je le pensais toujours. Si Louise y avait eu recours une fois, sans que j'en sois sûr, d'ailleurs, je n'aurais pas accepté qu'elle y consacre plus de temps et plus d'argent. Une fois suffisait. Et cependant, si longtemps après, malgré moi, un espoir insensé renaissait, et je m'en voulais autant que j'en voulais à Charlotte de réveiller ainsi des souvenirs dont j'avais eu tant de mal à me libérer.

Le lendemain, elle s'est bien gardée de revenir sur le sujet, et elle m'a simplement questionné sur les années au cours desquelles nous nous étions retrouvés seuls, Louise et moi, avec Jeanne, sa mère. Elles avaient été heureuses, ces années-là, malgré la dureté du travail. On coupait encore les arbres au passe-partout et à la cognée, mais j'avais vu une première tronçonneuse en démonstration dans un chantier de l'autre côté du plateau. En 1955, probablement, et c'était une machine curieuse, qui devait être tenue par deux hommes, et dont l'efficacité n'était pas évidente. En revanche, les premières tronçonneuses individuelles, en 1959 ou 1960, avaient révolutionné le travail, au moins le travail de coupe. J'avais acheté l'une des premières, en 1961, et j'avais vite compris que la vie dans la forêt allait en être bouleversée : les bruits, les odeurs n'étaient plus les mêmes, et si la coupe s'en était trouvée accélérée, le transport, lui, était demeuré identique et les systèmes de levage également : les tracteurs traditionnels tiraient des remorques sur lesquelles les grumes étaient hissées grâce à des treuils et des palans, les grues hydrauliques et les porteurs forestiers n'ayant fait leur apparition que dans les années soixante-dix.

Mais ce n'était pas ce genre d'informations qui intéressait Charlotte, laquelle me demandait :

— Qu'est-ce que tu plantais alors ?

— Avec la politique de reboisement mise en place après la guerre, on avait droit à des bons pour aller chercher des plants dans les pépinières de l'Office des Eaux et Forêts du plateau. Elles n'existent plus aujourd'hui parce qu'elles coûtaient trop cher à l'État, mais on touche encore des subventions, en argent et non plus en nature, pour se fournir chez les pépiniéristes privés.

— Il y en a beaucoup ?

— Quatre ou cinq, sur le plateau.

— Qu'est-ce que tu plantais à l'époque ?

— Essentiellement des épicéas et des pins.

— Pas de douglas ou de grandis ?

— Non, c'est venu plus tard. J'ai planté mon premier douglas en 1964.

— Et pourquoi ?

— Parce qu'on ne les connaissait pas encore, ou pas suffisamment. Les premières expériences à leur sujet n'avaient pas été menées à terme. Tu sais bien qu'il faut du temps avant de couper et donc du temps avant de connaître les qualités d'un bois.

— Et tu plantais comment ?

— Comme aujourd'hui : à la pioche ou à la tranche dans les bruyères.

— Il n'existe pas de machine ?

— Pas chez nous en tout cas, mais ça viendra aussi.

— C'est un travail colossal !

— Oui, il faut dessoucher et soussoler avant de planter, afin de bien nettoyer le terrain.

— Soussoler ?

— Oui : ameublir le sous-sol pour qu'il accueille bien les racines nues des jeunes plants. Tu le verras au printemps prochain.

Cette allusion à un futur proche, mais qui dans son esprit demeurait incertain, l'a rendue silencieuse un moment, puis elle a murmuré :

— Ma mère m'a dit qu'elle allait peut-être venir à Paris pour Noël.

Et elle a ajouté, enthousiaste soudain :

— Et si nous venions passer les fêtes ici, toutes les deux, avec toi ?

194

— Je ne suis pas sûr que ce soit une bonne idée.

— Pourquoi ?

— Tu sais, Los Angeles ou le plateau, ce n'est pas la même chose. Elle doit avoir pris d'autres habitudes là-bas et vivre dans un confort qu'elle ne trouvera pas chez moi.

— Justement ! Ça la changera un peu.

Puis, aussitôt :

— Et qui te dit qu'elle n'aura pas envie de retrouver sa vie d'avant, son enfance, dans cette maison ?

— Ça m'étonnerait, ai-je dit. Comme Justine, elle n'a jamais eu qu'une envie : s'en aller loin d'ici. Ce qu'elle a parfaitement réussi, elle au moins.

J'ai compris que je n'aurais pas dû prononcer ces mots-là, qui nous renvoyaient une nouvelle fois, l'un et l'autre, vers Justine. Mais Charlotte a esquivé le sujet, le sachant périlleux, et m'a interrogé sur sa mère, me demandant en quelle année exactement elle était partie.

— Elle est partie en pension à douze ans. C'était donc en 1964.

— C'était dur, la pension, Bastien, à cette époque-là.

— Je sais. Mais elle l'avait choisie et elle ne s'en est jamais plainte.

— Ce n'est pas son genre de se plaindre.

— Non. En effet.

— Et vous n'avez pas eu peur, Louise et toi, de la perdre comme…

Elle n'a pu poursuivre, n'est pas parvenue à prononcer le prénom de Justine.

— Elles ne se ressemblaient pas du tout. Les légendes du plateau n'inquiétaient pas du tout ta mère. Et d'ailleurs, on en parlait moins : les temps avaient changé depuis notre enfance, les veillées avaient disparu petit à petit, et il faut dire que Louise, ta grand-mère, veillait à ce qu'aucun obstacle ne vienne empêcher ta mère d'avancer.

— Aucun obstacle vraiment ? Sa vie n'a pas été si lisse, quand même, il a dû s'en passer des événements, jusqu'à ce qu'elle parte à Clermont-Ferrand.

Et, comme je cherchais vainement dans ma mémoire :

— À quel âge est-elle partie en faculté ?

— À dix-neuf ans. Douze plus sept : six années jusqu'en première, plus la terminale.

— Cherche bien, Bastien.

— Oui, peut-être, quand elle a eu dix-sept ans, un été, elle a voulu partir en vacances avec un amoureux qu'elle avait connu dans le train et qu'elle retrouvait tous les samedis lors de ses trajets. Ça ne plaisait pas à Louise, ni à moi d'ailleurs.

— Pourquoi ? Ce n'était pas un garçon convenable ?

— Elle n'avait que dix-sept ans, et ce garçon était le petit-fils d'une famille de grands propriétaires qui avaient fait fortune au dix-neuvième siècle, avec laquelle mon père avait eu des problèmes. Je crois qu'ils avaient refusé de lui payer son travail de coupe d'une année. J'y étais allé une fois avec lui et nous avions été reçus au château, dans une immense pièce où se trouvait un piano à queue et des grands tableaux de chasse aux murs. Je m'en souviens très bien.

— Celle dont tu m'as parlé une fois ?

— Non. Une autre famille, à l'opposé par rapport à Aiglemons.

— Et alors ?

— Et alors l'entrevue s'était très mal passée, le propriétaire ayant accusé mon père de vouloir se faire payer deux fois.

— Et ma mère ?

— Ça s'est très mal passé aussi avec elle, quand nous lui avons interdit de partir avec ce garçon.

— Qu'a-t-elle fait ?

— Elle a disparu.

— Je suppose que vous avez eu peur.

— Effectivement, nous avons tout de suite pensé à Justine. Je l'ai cherchée toute la nuit dans la forêt, et Louise l'a cherchée de son côté. Quand nous sommes rentrés, au petit jour, ta mère était assise sur les marches.

— Qu'avez-vous fait ?

— Nous lui avons ouvert la porte, nous sommes rentrés et nous n'en n'avons jamais plus reparlé.

— Et elle n'a pas essayé de le revoir ?

— Non. Je ne crois pas. Son envie de partir était plus forte que son sentiment envers un garçon qui, lui, n'avait pas l'intention de quitter le plateau. Ce qu'il n'a jamais fait, d'ailleurs. Ça me fait penser qu'il est mort le lendemain de la tempête.

— Et comment ?

J'ai soupiré, car je n'avais pas envie de me replonger dans ce souvenir-là : l'isolement, les routes coupées, le danger à chaque pas, et j'ai dit simplement :

— Les arbres étaient couchés les uns sur les autres, sous tension : en tronçonnant un fût, d'autres se relevaient ou éclataient avec une violence qu'on ne soupçonnait pas – sauf moi qui avais vu ça en 1982.

J'ai ajouté, un ton plus bas :

— Il a été éventré par une lame de bois qui l'a soulevé du sol.

— Mon Dieu ! Est-ce possible ?

— Il y a beaucoup d'accidents de ce genre après les tempêtes.

Charlotte s'est tue un moment, puis elle a murmuré :

— Il faudra que tu m'en parles, de cette tempête, Bastien, quand je reviendrai.

— Parce que tu t'en vas ?

— Oui, après-demain.

Elle avait dit « quand je reviendrai » et ces trois mots me suffisaient. Elle a ajouté, avant de se lever pour aller dans sa chambre :

— Tu me parleras aussi de l'homme qui s'intéresse aux oiseaux.

— Étienne ?

— Tu m'as bien dit qu'il s'intéressait à l'ornithologie.

— Oui, c'est vrai.

— Si un jour je n'ai plus qu'une jambe, sait-on jamais, peut-être qu'il pourra me faire voler.

Je lui en ai tellement voulu de cette phrase que je suis parti dans ma chambre sans l'embrasser.

TROISIÈME PARTIE

24

Je me suis retrouvé seul, plus seul encore que la première fois, tellement je m'étais habitué à la présence de Charlotte. Solange l'a bien compris, qui a tenté de se rapprocher davantage de moi, mais elle savait aussi que ce n'était pas elle qui me manquait, mais celle dont j'attendais des nouvelles, chaque jour. Une lettre est arrivée à la fin du mois d'octobre, qui disait :

Cher Bastien,

Je vais un peu mieux. Les médecins ont constaté une amélioration de l'état de ma jambe, mais ils ont cependant prescrit des rayons auxquels je me soumets, évidemment, puisque je ne peux pas faire autrement.

Tu avais raison au sujet du radiesthésiste : c'était un charlatan, et j'ai abandonné cette piste-là.

Ma mère m'a assuré qu'elle comptait venir à Noël, mais je ne suis pas du tout persuadée qu'elle parviendra à se libérer.

Prends soin de toi, Bastien, car j'ai besoin de toi.

Je t'embrasse,

Charlotte.

Pas un mot sur un proche retour, ce qui m'a chagriné plus que de raison. D'autant qu'au cours des jours qui ont suivi est tombée la première neige de l'année. Ce miracle du ciel, même s'il pose d'énormes problèmes pour le travail – non dans la forêt elle-même, mais sur les routes –, m'emplit chaque fois d'une paix qui m'étonne et me ravit. Elle me renvoie évidemment vers mon enfance, et je me plais à constater que rien ne change, alors, sur le plateau : c'est toujours le même éclat sous un ciel de verre, la même pelisse blanche dont les arbres se délestent comme d'un mouvement d'épaule au cours des après-midi feutrés de silence, le même bruit de sucre tassé sous mes bottes, la même sensation d'isolement qui me rappelle délicieusement les hivers où nous étions bloqués, ma mère, mon père, Justine et moi dans la maison, et que nous ne pouvions même pas ouvrir les fenêtres.

Aristide feuilletait le catalogue de la manufacture de Saint-Étienne, Clarisse cuisinait à longueur de journée, tandis que Justine lisait, près de moi, allongée devant la cheminée, la tête reposant sur un coussin, et je souhaitais de toutes mes forces que la neige ne fonde jamais, que nous soyons obligés de demeurer là éternellement, tous les quatre réunis, dans un bonheur clos sur lui-même, inaccessible à tout ce qui était censé pouvoir le troubler de l'extérieur.

J'avais retrouvé des sensations encore plus précises, encore plus émouvantes, le lendemain de la tempête, quand j'avais été complètement isolé, sans téléphone ni électricité, des arbres barrant le chemin d'accès à la route, elle-même étant obstruée par les fûts abattus entre Servières et ma maison. J'avais renoncé à m'ouvrir un passage car je savais, depuis la tempête de 1982, à quel point il est dangereux de sectionner des fûts empilés les uns sur les autres et, de ce fait, soumis à des tensions énormes. J'avais allumé des bougies oubliées dans le tiroir d'un buffet, celles qui nous servaient à nous éclairer quand les orages « faisaient sauter la ligne », comme disait Louise, et j'avais remis en service une vieille lampe à pétrole – une lampe-tempête plus précisément –, avec un globe en verre poli – celle que mon père utilisait quand il sortait l'hiver, vêtu de sa canadienne, pour se rendre à Servières.

Mon poste à transistors, dont les piles étaient presque neuves, heureusement, m'avait donné la mesure de la catastrophe dès le premier jour : une voix de femme énumérait la liste des villages et des hameaux coupés du monde, recommandait de ne pas s'aventurer sur les routes à cause de l'écroulement des pylônes à haute tension, évoquait les motards de la gendarmerie qui étaient chargés de regrouper les dons en bougies, précisait que l'armée allait intervenir, apporter des groupes électrogènes qui permettraient de s'éclairer convenablement. Je n'étais pas inquiet, sinon pour Solange que je savais seule dans sa maison située à l'extrémité du hameau, en plein vent, et pour mes arbres dont je ne doutais pas qu'ils avaient été frappés comme les autres, mais sans vraiment soupçonner ce que j'allais découvrir les jours suivants.

Mon congélateur était plein et, malgré l'absence d'électricité, je savais que je pouvais utiliser les victuailles qui s'y trouvaient au moins pendant trois jours, d'autant que le chauffage central ne fonctionnait plus, que seule la cuisinière et la cheminée pouvaient réchauffer la maison. Je me félicitais d'avoir toujours refusé de me séparer de cette cuisinière à bois pour la remplacer par une cuisinière électrique. J'avais également remis en service l'énorme poêle qui se trouvait en bas de l'escalier, et je m'étais enfermé chez moi en attendant que rouvrent les routes et les chemins.

Le premier soir, l'obscurité m'avait surpris, les deux bougies et la lampe éclairant à peine les pièces du rez-de-chaussée. Ces ténèbres me rappelaient celles d'avant l'électricité, un monde où Justine décelait ces menaces que la nuit amplifiait et qui la terrorisaient. Moi, je ne me sentais pas menacé à proprement parler dans cet isolement soudain, car la radio me donnait régulièrement des nouvelles et je me savais abondamment pourvu en bois de chauffage. Je pensais surtout aux arbres et à tous les êtres vivants qui pouvaient être prisonniers quelque part, hommes et bêtes, blessés, peut-être en grand danger. Il me semblait que la forêt se vengeait, que sa colère trop longtemps retenue avait éclaté d'un coup, frappant ceux qui l'abandonnaient ou la mal-traitaient. J'avais honte d'éprouver ce qu'il me faut bien appeler une sorte de satisfaction : les hommes avaient fui le monde vivant, le monde naturel, et celui-ci leur rappelait que ce n'étaient pas eux qui occupaient la première place, que le plus fort c'était lui. C'était un peu ridicule, dans la mesure où les habitants des villes, pour la plu-part, n'avaient pas à souffrir de cette tempête, mais plutôt ceux, qui, précisément, étaient restés fidèles à ce monde-là. Qu'importe ! Tout le pays avait été plus ou moins frappé, et tout le monde ne parlait plus que de cette tempête dont on ne finissait pas de mesurer les effets dévastateurs.

Je dormais tout habillé, me reprochais de n'avoir pas mes machines à proximité immédiate, mais dans l'atelier, à la sortie de Servières. Pour celles qui étaient restées dans la forêt – on ne les ren-trait pas tous les soirs –, je ne pouvais qu'espérer qu'elles n'auraient pas trop souffert de la chute des arbres. J'avais renvoyé tous ces problèmes dans un futur dont je ne savais pas s'il était proche ou loin-tain. J'étais seul au monde, dans un univers lavé de l'homme, peut-être comme au premier jour, quand le soleil s'était levé pour la première fois.

Le surlendemain au matin, je n'en pouvais plus d'attendre et j'étais sorti dans le parc. Le temps était couvert, il neigeait un peu, et mes pieds s'enfonçaient dans la couche de dix centi-mètres qui était tombée pendant la nuit. Un san-glier a jailli à l'extrémité du parc, dont je me suis approché avec précaution, pénétré surtout par un silence à nul autre pareil, comme si le plateau martyrisé retenait son souffle dans l'attente d'un être mystérieux qui allait apparaître pour le délivrer du piège mortel refermé sur lui. Les cèdres de l'allée avaient résisté, le chêne aussi, sous lequel nous nous asseyions avec Louise, sur le banc qu'elle avait installé pour profiter des nuits d'été. Mais quand je levais les yeux, j'apercevais des troncs fracassés à partir du tiers supérieur du coteau, dont les plaies étaient taillées en biseau, comme si une herse immense était passée sur eux, les déchiquetant furieusement.

J'étais rentré en me reprochant mon impuissance, et j'avais allumé la radio qui donnait des nouvelles de l'avancée des secours, de la réparation des lignes électriques, de la distribution des groupes électrogènes, des équipes de secours venues des pays étrangers. La nuit, me réveillait le souvenir du grondement de la tempête, de cette houle énorme et terrifiante qui s'était levée comme une mer malmenée par un ouragan. J'avais encore dans les oreilles les craquements secs, d'une extrême violence, des branches qui se brisent, lesquels m'avaient rappelé les sinistres « coups de fusil » de l'hiver 1956, quand les arbres explosaient, sous la poigne d'un froid que nous n'avions jamais connu.

Le troisième matin, je n'avais pas eu la patience d'attendre les soldats du génie, les agents de l'EDF, les entrepreneurs des travaux publics que la région avait mobilisés. Je trouvais honteux, en tant que forestier, de ne pas savoir me dégager tout seul, même si je ne disposais pas de mes machines. J'avais toujours une tronçonneuse dans mon garage, et elle était en état de marche. Malgré les risques, je m'étais décidé à ouvrir un passage sur le chemin, en direction de Servières. En haut, vingt mètres avant la route, les arbres formaient comme un rempart tellement ils étaient imbriqués les uns dans les autres. Je m'étais attaqué à ce mur avec les plus extrêmes précautions, et j'avais atteint la route vers midi, épuisé. J'étais revenu déjeuner pour reprendre des forces, je m'étais reposé pendant une heure avant de remonter sur la route, où vers le soir, en me taillant un passage sans pour autant le dégager entièrement, j'avais atteint Servières, la maison de Solange, et mon atelier où se trouvait l'une des Timber Jack.

La maison de Solange avait beaucoup souffert, notamment la toiture, si bien que je l'avais ramenée chez moi en attendant de pouvoir bâcher. Dès ce soir-là, donc, je n'avais plus été seul, et je dois dire que j'en avais conçu quelques regrets, au contraire de Solange qui était ravie d'avoir trouvé refuge chez moi et s'était mise en cuisine aussitôt, éclairée par la lampe à pétrole.

Le lendemain soir, après avoir travaillé toute la journée à déblayer la route sur ma machine, j'avais fait la jonction avec les soldats du génie qui progressaient depuis Aiglemons et ainsi s'était achevé un isolement qui ne m'avait pas ébranlé le moins du monde, sinon en ce qui concernait le sort de mes arbres dont je savais à quel point ils avaient dû souffrir. Les jours suivants me l'avaient confirmé bien au-delà de ce que j'avais pu imaginer. Les deux tiers de mes plantations gisaient dans un fouillis qui paraissait inextricable, et la neige qui continuait de tomber donnait à cette désolation un aspect étrange, presque surnaturel, auquel on avait du mal à croire. Mais il n'y avait pas d'autre solution que de se mettre au travail : un labeur incessant, en fait, et qui durait depuis ces jours maudits de décembre.

Si chaque année l'apparition de la première neige me redonne cette sensation d'isolement qu'a exacerbée la tempête, c'est bizarrement une sensation heureuse, car elle est étroitement liée à une perception du monde qui vient de plus loin, c'est-à-dire d'un temps où nulle menace ne pesait sur nous, où la rudesse des hivers ne livrait à l'enfant que j'étais qu'un enchantement ébloui. Je ne peux pas m'en défaire : même la tempête n'a pas réussi à éteindre en moi cet écho qui réveille ce que, peut-être, je suis d'abord et avant tout : un enfant qui a refusé de grandir malgré les apparences, et qui sait parfaitement où, derrière le décor de la vie quotidienne, bat un cœur délicieusement semblable au sien.

C'est pour cette raison que j'ai marché dans la neige, ce matin de novembre où elle a fait son apparition, avançant lentement dans le parc où seules les traces d'un lièvre étaient visibles en lisière du bois, me retournant pour vérifier que celles de mes pas étaient bien les mêmes qu'alors, envahi d'une joie ridicule pour mon âge, je ne pouvais pas l'ignorer, mais en même temps si précieuse que rien n'aurait pu l'atténuer. Le silence aussi était le même, et le souffle du vent, la clarté de l'air, le frôlement doux des flocons qui continuaient de tomber, le lestage des branches mollement courbées vers le sol, l'adoucissement d'un monde que je savais dur, impitoyable, mais qui devenait toujours, à ce moment-là, d'une étrange beauté. J'ai fait le tour du parc comme je le faisais jadis, cherchant désespérément à mettre mes pas dans mes pas, comme pour conjurer le temps, tout ce qui avait pu porter atteinte à ce que nous étions : un couple et deux enfants destinés à ne jamais se perdre.

Le lendemain soir, 13 novembre, il a gelé – et chaque fois qu'il gèle, j'ai l'impression d'entendre tinter une cloche dans le lointain. Dans la nuit, la température est descendue à moins six degrés, transformant en glace la neige tombée les jours précédents. Je suis parti dès le lever du jour à l'atelier, sous un ciel qui paraissait transparent, entre les arbres figés dans des enluminures pareilles à des lustres d'église. Les forestiers n'étaient pas encore arrivés. J'ai ouvert la lourde porte de fer et j'ai commencé à la faire glisser sur ses rails, sans me soucier de la couche de glace qui se trouvait sous mes pas, dix centimètres à l'extérieur. Au lieu de m'y retenir, j'ai tout lâché quand je me suis senti partir en arrière, et je suis tombé légèrement de côté, ressentant une douleur aiguë dans mon bras droit, ma tête cognant en fin de course sur le rail.

Je suis resté sonné pendant quatre ou cinq minutes, avec la conscience que je m'étais fait mal, peut-être plus que je ne le supposais. Je sentais un liquide chaud couler dans mon cou, mais ce qui me préoccupait le plus, c'était mon bras droit dont j'essayais de remuer les doigts, mais ils ne m'obéissaient plus. J'étais incapable de bouger, d'esquisser le moindre mouvement pour me remettre debout. Heureusement, les hommes n'ont pas tardé à arriver, Étienne le premier, qui a aussitôt téléphoné au médecin d'Aiglemons, lequel est arrivé un quart d'heure plus tard. Il m'a fait une piqûre, a immobilisé mon bras et appelé un ambulancier pour me faire transporter à l'hôpital.

Tout au long du trajet vers la ville, j'ai vu défiler derrière la vitre de la voiture la cime des arbres blancs de givre, avec la sensation qu'ils m'accompagnaient. Et puis ils ont disparu au fur et à mesure que nous descendions vers la vallée et je n'ai cessé de me reprocher mon mauvais réflexe – avoir lâché la poignée de la porte – en me demandant désagréablement s'il n'y avait pas là le signe avant-coureur de quelque faiblesse de l'âge, les prémices d'un déclin auquel je m'étais toujours refusé.

25

« Difficile de faire mieux », m'a dit le chirurgien en consultant les radios devant moi. « Le radius et le cubitus sont fracturés, le nerf radial est sectionné, l'extenseur du pouce également. Je vous opère dès ce soir, il n'est pas question d'attendre demain. » Dès lors, comme on m'avait fait plusieurs piqûres dont une, si j'ai bien compris, de morphine, j'ai flotté dans un brouillard dont je me suis réveillé seulement le lendemain matin vers neuf heures, me demandant ce que je faisais là, dans cette chambre blanche qui m'est apparue totalement inconnue, le temps que les souvenirs me reviennent et me rappellent à la réalité : mon bras droit m'a indiqué de source sûre qu'il avait été sacrément torturé et mes doigts, qui dépassaient d'un plâtre, ont refusé une nouvelle fois d'obéir aux ordres que je leur donnais.

J'ai mesuré dès le premier jour combien il est difficile de se passer de la main droite, *a fortiori* quand on est droitier. Et dès que j'ai vu le chirurgien, en début d'après-midi, je lui ai demandé combien de temps j'allais devoir supporter ce plâtre qui me paralysait.

— Au moins un mois, a-t-il répondu. Mais il n'est pas sûr que vous retrouviez l'usage intégral de votre main.

J'ai passé une grande partie de l'après-midi à m'interroger sur ce pronostic qui m'a fait envisager l'avenir sous un aspect peu engageant, puis Charlotte, sans doute prévenue par Solange, a téléphoné. J'ai eu du mal à tenir le combiné de la main gauche, d'autant que je flottais encore dans une brume provoquée par les antidouleurs que l'on m'avait administrés.

— Tu as sans doute voulu m'accompagner dans l'épreuve, m'a-t-elle dit en riant, mais tu n'y es pas parvenu. Je te rappelle que chez moi, c'est la jambe gauche et non le bras droit.

Elle a refusé de me donner des nouvelles de sa santé, en me répétant que le blessé, aujourd'hui, c'était moi, et que je devais me hâter de guérir, sans quoi elle ne pourrait pas revenir.

— C'est promis ! ai-je répondu, mais est-ce que tu peux au moins me donner une date ?

— Non, pas pour l'instant. Mais je vais me dépêcher parce que je vois bien que tu ne fais que des bêtises quand je ne suis pas là.

Et elle a raccroché. Le soir, Étienne et Laurent sont venus en visite, ce qui m'a fait plaisir. Nous avons parlé un moment des circonstances de l'accident, puis, très vite, des parcelles à défricher les jours suivants. Je me suis alors rendu compte, pour la première fois, qu'ils pouvaient très bien se passer de moi : il nous suffisait d'un contact téléphonique tous les deux ou trois jours. Cela n'a pas été une sensation agréable sur le moment, mais, après réflexion, je me suis senti apaisé, comme délivré. Mais de quoi, grands dieux ? D'un travail dans lequel j'étais immergé depuis l'âge de douze ans ? D'un univers qui me rendait heureux chaque jour ? Comment pouvais-je me sentir délivré de la majeure partie de mon existence, de ce pour quoi je vivais depuis toujours ? Une énigme, que j'ai préféré oublier dans les heures qui ont suivi, m'abandonnant à un sommeil réparateur dans lequel mes jambes et mes bras fonctionnaient à merveille, comme lorsque j'avais vingt ans.

Au cours des deux jours qui ont suivi, j'ai ressenti une grande fatigue – sans doute due à l'anesthésie, me suis-je dit pour me rassurer –, et je ne me suis même pas rebellé quand le chirurgien m'a annoncé que je devais rester huit jours dans cette chambre sans la moindre odeur d'humus, d'écorce ou de résine. Était-ce le début du renoncement ? Cette question m'a taraudé l'esprit, et j'ai mis à profit ces huit jours pour essayer d'envisager l'avenir sous un angle plus raisonnable. En quoi ces hommes jeunes – mes forestiers – avaient-ils réellement besoin de moi ? La seule tâche qu'ils ne pouvaient remplir était celle d'assurer les payes, de faire face aux charges financières. Mais pour le reste, c'est-à-dire, le travail à proprement parler, ils pouvaient très bien se débrouiller tout seuls – ce qu'ils avaient d'ailleurs commencé à faire le plus naturellement du monde.

Dès que j'ai repris quelques forces, je n'ai eu de cesse que d'obtenir l'autorisation de quitter ces lieux aseptiques et de retrouver le plateau, ses arbres – mes arbres –, ses odeurs, ses couleurs, son ciel et ma maison.

Solange m'y attendait, solidement campée dans sa conviction que je ne pouvais rester seul, incapable que j'étais de pouvoir saisir le moindre objet.

— Je me suis installée dans la chambre du fond, a-t-elle annoncé. Comme ça, je ne te dérangerai pas.

Je n'ai pas protesté mais je me suis promis de mettre fin à cette cohabitation dès qu'on m'aurait enlevé le plâtre. Et, pour échapper à sa tutelle ménagère, j'ai demandé à Étienne de venir me chercher tous les matins avec le Range pour me conduire sur les chantiers. Le temps avait alors définitivement basculé vers l'hiver. S'il ne neigeait pas, il gelait, comme le matin où j'avais lâché la poignée de la grande porte de l'atelier. Je ne pouvais plus m'ôter de l'idée que cette faiblesse était un signe, la première manifestation d'un déclin que je n'avais jamais envisagé aussi clairement, mais avec lequel, désormais, je devrais compter.

Je me suis vite rendu compte que les allers-retours d'Étienne de la maison à la forêt lui faisaient perdre beaucoup de temps, car il me ramenait aussi à midi, pour déjeuner, et revenait me chercher vers deux heures. J'ai alors décidé de patienter, de m'atteler plutôt au travail en retard au bureau, mais là aussi j'ai eu besoin de Solange puisque je ne pouvais pas tenir un stylo. Je n'ai pas pu la supporter longtemps et j'ai préféré marcher au-dehors, n'hésitant pas à franchir plusieurs kilomètres pour trouver le chantier le plus proche, ou aller au hasard s'il se déplaçait trop loin.

J'ai rapidement pris goût à ces escapades dans la neige qui, maintenant, ne fondait plus, et qui me rappelaient mes trajets vers l'école. Je me sentais une fois de plus incroyablement perméable à des souvenirs qui m'incitaient à reconstituer un temps qui n'était plus, ne serait jamais plus. Qui sommes-nous pour recourir à de tels subterfuges ? Est-ce que, en vieillissant, nous ne perdons pas un peu de notre raison ? C'était ce genre de pensées qui me hantaient pendant que je cherchais les sentiers sur lesquels nous cheminions, Justine et moi, vers Aiglemons. Il m'arrivait d'aller très loin, de penser que mon bras ne me permettrait pas de me relever en cas de chute, mais la magie de la forêt sous la neige m'emportait sans que je puisse m'en défendre, me faisait perdre les repères du temps.

C'était bien la même couche blanche dans laquelle mes pieds s'enfonçaient, le même silence ouaté, le même glissement de la neige à l'extrémité des branches basses, la même fragilité de l'air que j'avais l'impression de pouvoir casser au marteau comme on brise une vitre, la même désolation enchantée, un voyage vers des sortilèges que seul ce monde-là, et en ces circonstances, pouvait offrir. Un après-midi, j'ai fait une chose insensée – une de plus –, en me cachant de Solange, bien sûr, qui n'aurait pas manqué de s'esclaffer. Je suis parti vers Aiglemons en évitant la route, comme si j'allais à l'école. J'avais enfilé mes plus vieux brodequins, et j'ai marché sur les sentiers de la forêt que nous suivions avec Justine, en me répétant un poème de l'époque, comme si je devais être interrogé en arrivant par la maîtresse :

> *Un pauvre homme passait dans le givre et le vent*
> *Je cognai sur ma vitre ; il s'arrêta devant*
> *Ma porte que j'ouvris d'une façon civile.*
> *Les ânes revenaient du marché de la ville…*

Des bribes de poèmes me revenaient sans que je sache si elles étaient de Théophile Gautier ou de Victor Hugo, je ralentissais mes pas, comme pris par la même anxiété de ne pas savoir ma leçon…

Bon Dieu ! Comment pouvons-nous accepter que les années viennent nous priver d'un temps où chaque instant était un enchantement ? Qui sommes-nous pour continuer à vivre en sachant que ce qui a le plus compté pour nous est désormais interdit ? Je me suis alors souvenu d'un livre dont l'auteur a écrit que « si nous continuons à vivre, c'est uniquement parce que nous avons commencé », et cela m'est apparu d'une évidence tragique.

C'est au retour d'une de ces escapades solitaires et inquiétantes que Solange m'a tendu une lettre de Charlotte, un soir, au début du mois de décembre, où il était écrit :

Cher Bastien,

Je crois que j'ai une idée au sujet de Justine, mais il faut que je t'en parle. Nous vérifierons quand je viendrai, vers le 20 décembre, je pense. Je pense aussi qu'il faudra renoncer à la présence de ma mère, et je le regrette. Nous aurions été si bien, là-haut, tous les trois. J'espère qu'il a beaucoup neigé et que nous serons bloqués pour finir ce que nous avons commencé.

Je t'embrasse, Bastien, en attendant de te serrer dans mes bras.

Pas un mot au sujet de sa jambe. J'en ai été si contrarié que j'ai failli lui téléphoner, mais Solange m'en a dissuadé en me disant qu'il n'y avait pas d'autre solution que de lui faire confiance. J'ai fini par oublier car le moment approchait d'enlever le plâtre de mon bras dont je parvenais, heureusement, à remuer un peu les doigts depuis quelque temps. Le chirurgien m'a dit après m'en avoir délivré :

— Vous ne retrouverez pas l'intégralité de vos capacités. J'ai fait le maximum, mais c'est ainsi : il faudra vous habituer.

J'ai failli lui rétorquer : « Évidemment que je m'habituerai, comment faire autrement ? » – mais j'ai préféré quitter les lieux le plus vite possible en me promettant de ne jamais remettre les pieds dans cet immense immeuble gris dont l'odeur m'était aussi insupportable que la ville où il se trouvait, et cela même si j'en avais réellement besoin un jour.

Une fois chez moi, j'ai pris la décision d'acheter un nouveau 4 × 4 avec une boîte de vitesses automatique, et j'ai considéré que j'avais réglé les problèmes une fois pour toutes, ce qui n'était pas le cas. Je m'en suis rendu compte quand j'ai voulu manier un stylo le soir même, et que mon pouce, mon index et mon majeur ont refusé de se refermer suffisamment sur lui pour le garder prisonnier. Solange, qui m'avait rejoint dans le bureau, a préféré battre en retraite, et elle a bien fait sans quoi ma colère se serait une fois de plus déversée sur elle. Je n'ai pourtant pas eu le cœur de la renvoyer chez elle. À sa manière, elle me gardait des pires tourments, peut-être même d'un certain dérèglement de l'esprit que je justifiais en moi-même par l'anesthésie et la prise de trop nombreux médicaments. En fait, sa sagesse, sa patience, ses habitudes ménagères venues de très loin me réconciliaient un peu avec le monde extérieur qui avait une fâcheuse tendance, depuis quelque temps, à ne plus coïncider avec l'idée que je m'en faisais. Ce divorce m'inquiétait. Je me demandais si je n'étais pas entré dans une existence dont je ne maîtriserais bientôt plus rien, ou du moins pas grand-chose. C'est évidemment le genre de pensées qu'il faut fuir par tous les moyens, ce à quoi je me suis efforcé en reprenant dès que possible une activité quasi normale, au prix de subterfuges que j'ai feint de considérer comme les conséquences d'une nouvelle faculté d'adaptation.

26

L'un de ces subterfuges s'appelait « Land Rover » et non plus « Range Rover ». Flambant neuf, de couleur grise, haut sur ses roues aux pneus épais, il m'attendait devant la terrasse et me conduisait de nouveau vers les chantiers, malgré la neige et le verglas qui recouvraient les petites routes sur lesquelles la Direction départementale de l'Équipement ne pouvait intervenir tous les jours. Grâce à la boîte automatique, les vitesses semblaient passer toutes seules, tandis que mon bras gauche tenait sans effort le volant qu'une direction assistée, d'une extrême douceur et d'une grande précision, rendait étonnamment facile à manœuvrer.

Le débardage, en cette saison, devenait encore plus dangereux qu'aux beaux jours. Je ne cessais de recommander la prudence à Étienne, tout en sachant que mes recommandations demeureraient vaines : le travail était le travail, seules les Timber Jack paraissaient en mesure de déplacer les arbres grâce à leur étonnante stabilité, mais non les porteurs qui tanguaient sur les pistes et reculaient parfois sur la glace des pentes gelées, au risque de se renverser. Nous avons alors décidé de laisser les grumes où elles se trouvaient, même si elles gênaient la progression des machines vers le cœur des chablis. Puis il a beaucoup neigé le 16, et de nouveau gelé trois jours après, au terme d'une nuit glaciale où la température est descendue à moins dix degrés. J'ai décidé alors de déclarer l'entreprise en « intempéries », d'arrêter les chantiers jusqu'au 2 janvier et de laisser les hommes passer les fêtes au sein de leur famille. Un accident à cette période de l'année m'aurait été insupportable.

Je m'inquiétais pour Charlotte qui ne connaissait pas le plateau en hiver et prétendait y monter avec sa petite voiture sans le moindre pneu-neige. Après avoir beaucoup insisté, j'ai réussi à la convaincre de m'attendre à Tulle où j'irais la chercher à l'heure qu'elle souhaiterait. Nous sommes finalement convenus de nous retrouver le 20 à quatorze heures, et dès lors j'ai attendu avec impatience le moment de me mettre en route vers le bas-pays.

Dans la perspective de ces retrouvailles, j'ai récapitulé la veille au soir et pendant une grande partie de la nuit tout ce que j'avais encore à lui dire au sujet de la vie que nous avions menée, Louise et moi, notamment au milieu des années soixante où un événement auquel nous ne nous attendions pas du tout était venu bouleverser notre existence. Louise, en effet, attendait un deuxième enfant à trente-quatre ans, alors que nous ne l'espérions plus.

— C'est un fils, me disait-elle. Je le sens, j'en suis sûre.

Je n'osais y croire, j'hésitais à m'éloigner pour ne pas la laisser seule, mais elle me poussait à partir car nous étions au printemps et en pleine replantation. Nous faisions des projets, envisagions d'acheter un lot de trente hectares qui venait d'être mis en vente et qui prolongeait le bois des Essarts. Nous étions d'autant plus heureux que Jeanne, à qui nous avions appris la nouvelle un samedi, s'était montrée enchantée d'avoir un frère, même si la pension l'empêcherait de le voir autant qu'elle l'aurait souhaité. En juin, je ne m'éloignais plus que deux heures par jour, le matin et l'après-midi, et le moins loin possible de Servières.

Pourtant, le 26, quand je suis revenu vers cinq heures du soir, j'ai trouvé Louise inerte sur le sol et baignant dans son sang. Je l'ai portée non sans mal dans le camion et j'ai roulé comme un fou jusqu'à Aiglemons où le médecin, heureusement, se trouvait là et non pas en visite. Il lui a prodigué les premiers soins mais s'est montré très inquiet, au point de la conduire lui-même à l'hôpital. Elle est restée deux jours entre la vie et la mort malgré les transfusions, et elle a survécu, heureusement, mais les conséquences de cette fausse couche se sont avérées implacables : nous n'aurions jamais de fils. C'est ce que m'a avoué le médecin dans le couloir, en me demandant de l'annoncer moi-même à mon épouse : il était préférable, à son avis, que ce soit moi qui le fasse, et j'étais tellement bouleversé que je n'ai même pas songé à lui demander pourquoi.

Je n'ai pas pu m'y résoudre, ce jour-là, ni pendant les jours qui ont suivi. Je savais trop combien Louise désirait un deuxième enfant, et à quel point la nouvelle de ne pouvoir en porter un autre allait l'ébranler. Je le lui ai dit un soir, deux semaines après l'opération, dans le salon où nous étions assis face à face, comme avec Charlotte, si longtemps plus tard. Quand j'ai eu fini de parler, Louise n'a pas prononcé un mot, mais elle a porté ses mains vers ses yeux, comme pour s'épargner une vision terrible, et elle s'est lentement laissée aller en arrière pour s'allonger, n'a plus bougé. C'est la seule fois de ma vie où j'ai regretté de vivre si isolé, loin des villes, où, peut-être, on aurait sauvé ce fils que nous espérions tant. Mais c'était sans doute aussi le prix à payer pour vivre dans la forêt, au milieu de ces arbres magnifiques dont nous avions tant besoin, Louise et moi, et cela depuis toujours.

Pourtant, quand j'ai annoncé à Louise que j'avais décidé de renoncer à l'acquisition de trente hectares supplémentaires dans le prolongement des Essarts, c'est elle, au contraire, qui m'a poussé à accepter.

— Qui sait, m'a-t-elle dit d'une faible voix, peut-être aurons-nous un jour un petit-fils ?

J'étais tellement touché par ce qui était arrivé que j'ai refusé pendant tout l'été, jusqu'à ce que Louise revienne sur le sujet un matin, alors que nous déjeunions dans la cuisine :

— S'il te plaît, Bastien, achetons ces trente hectares. J'ai vraiment besoin de croire en l'avenir.

Je me suis rendu dès l'après-midi chez le notaire et nous avons signé l'acte avant la fin de l'année 1965, une année qui a beaucoup compté dans notre vie tant elle a laissé de traces chez Louise, bien qu'elle s'en soit défendue de toutes ses forces, mais vainement, hélas !

Au printemps suivant, comme j'avais du mal à trouver des ouvriers, je m'étais adressé au maire d'Aiglemons qui m'avait promis de m'aider. Quinze jours plus tard, je l'ai vu arriver, un soir d'avril, avec un homme bizarre, qui parlait avec un accent étrange, et qui m'a dit être alsacien. Il était vêtu de vêtements très différents de ceux que nous portions ici, sur le plateau – je veux dire assez semblables à ceux des buveurs de bière des images d'Épinal – et cependant il prétendait être un travailleur manuel – un jardinier. Selon le maire, il cherchait du travail pour la belle saison. Nous étions en pleine plantation, une fois de plus et, comme je l'ai dit, j'étais à cours de main-d'œuvre. Je l'ai donc engagé jusqu'à la fin octobre, date à laquelle, assurait l'homme, il repartirait.

Huit jours plus tard, alors que j'avais constaté à quel point il était efficace et sérieux sur le chantier, il m'a demandé s'il pouvait coucher dans le hangar à bois, car il voulait économiser le plus possible son salaire et souhaitait ne plus payer de pension à l'hôtel d'Aiglemons. Il ferait sa cuisine lui-même, car il en avait l'habitude, du fait qu'il avait travaillé en Alsace dans des domaines dont les propriétaires vivaient en ville et où il était donc seul la plupart du temps. Je n'avais aucune raison de lui refuser ce qu'il me demandait si humblement. Je lui ai donné l'autorisation, et il nous est devenu très vite familier, au point que, le soir, parfois, Louise l'invitait à dîner avec nous.

C'était un homme grand et fort, aux yeux très clairs, au front déjà dégarni malgré son âge – la quarantaine. Il s'entendait bien avec les forestiers même s'il ne se montrait pas très liant. Il travaillait sans jamais se plaindre malgré la chaleur à laquelle il ne semblait pas habitué. Louise et moi, nous pensions chaque année, en octobre, qu'il ne repartirait pas et, cependant, il s'en allait toujours, comme il l'avait annoncé, le 1er novembre, non sans nous remercier de notre hospitalité, un peu ému, aussi, nous semblait-il, au moment des adieux.

Il est revenu pendant trois ans, jusqu'en 1969, puis nous ne l'avons plus vu. Un peu plus tard, une lettre est arrivée, postée de Strasbourg, nous disant qu'il était décédé, et nous l'avons regretté, Louise et moi, car nous nous étions attachés à lui autant qu'il nous intriguait. Et puis nous l'avons oublié, poussés que nous étions par le travail, toujours aussi difficile, malgré l'arrivée des grues hydrauliques et des porteurs forestiers qui remplaçaient enfin les tracteurs traditionnels. Je crois bien avoir été le premier à acheter une grue et un de ces porteurs aux roues énormes importés de Suède.

Jeanne est partie pour Clermont-Ferrand à cette époque-là, ou un peu plus tard, peut-être, et nous l'avons moins vue, au grand désespoir de Louise qui prenait le train souvent pour aller passer le dimanche auprès d'elle. Trois ans après, Jeanne a quitté Clermont pour Paris, afin d'entreprendre un doctorat de droit international, et nous l'avons encore moins vue qu'auparavant. Je n'en ai pas vraiment souffert, en tout cas beaucoup moins que Louise, car je savais que la forêt était un métier d'hommes et que, de toute façon, déjà la vie avait glissé vers les villes où, désormais, se trouvaient le travail et l'avenir des enfants. Nous avions juste un peu plus de quarante ans, à ce moment-là, et je me sentais en pleine force de l'âge, d'où le fait que je ne m'inquiétais pas pour les parcelles de forêt que je possédais ou pour l'entreprise – une dizaine d'hommes, c'est-à-dire deux équipes sur lesquelles je veillais de très près, comme je l'ai toujours fait.

Et puis tout est allé très vite pendant les années qui ont suivi : Jeanne s'est mariée entre deux témoins à Paris et ne nous l'a annoncé qu'après coup. Louise en a souffert, c'est certain, mais en même temps cette indépendance et cette force, d'une certaine manière, la rassuraient. Charlotte est née aussitôt après, et il est probable que si Jeanne n'avait pas souhaité de mariage traditionnel, c'est parce qu'elle était enceinte. Mais nous n'avons pas cherché à connaître une vérité qui n'avait que peu d'importance au demeurant, et quand elle nous a confié sa fille pour les vacances, ç'a été pour nous un grand bonheur. La maison de Servières a de nouveau résonné de rires et de cris pendant les deux mois et demi durant lesquels Jeanne nous laissait sa fille, car elle travaillait beaucoup, déjà, et ne pouvait s'en occuper.

Ce souvenir m'a ramené au présent, et je me suis demandé si Jeanne allait venir à Noël, comme elle l'avait plus ou moins promis à Charlotte. Il m'a semblé que c'était la moindre des choses, avec les problèmes de santé de sa fille, mais avais-je jamais été sûr de quoi que ce soit de la part de Jeanne ? Elle s'était toujours ingéniée à devancer le moindre de nos projets à son égard, à éviter le moindre de nos souhaits pour, au contraire, mener sa vie uniquement comme elle le décidait. Pourtant, je ne la croyais pas capable, en ces circonstances, de se désintéresser du sort de Charlotte, mais je l'imaginais mal revenir à Servières. À Paris, peut-être, mais ici, sur ce plateau qu'elle avait tellement voulu fuir, certes pas. Et déjà j'en étais déçu, malheureux, comme si cette impossibilité signifiait en même temps que rien, mais vraiment rien, du monde d'avant, contrairement à ce que j'avais voulu croire avec l'arrivée de la neige, ne pouvait revivre, ne fût-ce que quelques heures.

Le lendemain après le repas, quand je suis parti chercher Charlotte comme convenu, autant que le souci de sa jambe malade, c'est l'annonce du renoncement de Jeanne à venir nous retrouver que je redoutais. Cette pensée m'a accompagné jusqu'au moment où j'ai atteint la vallée, et que l'absence de neige m'a montré que j'avais quitté mon univers familier, si rude et si peu hospitalier, pour un monde plus habitable. Les embouteillages de la ville m'ont une fois de plus rendu furieux, et j'ai eu du mal à me faufiler avec mon gros Land Rover dans les rues autour de la cathédrale. Ma petite-fille m'attendait, adossée à sa voiture, sa casquette Poulbot vissée sur sa tête, souriante, dans le petit parking du centre-ville. J'étais tellement contrarié de me retrouver dans ce monde-là que je ne me suis même pas rendu compte qu'elle était debout, le corps reposant sur sa jambe gauche, comme si elle n'en avait jamais souffert.

27

Nous nous sommes embrassés sans un mot et, sans doute pour cacher son émotion, elle s'est aussitôt dirigée vers l'arrière de sa voiture où elle a ouvert le coffre. Il m'a semblé qu'elle avait apporté avec elle plus de bagages que d'habitude et j'en ai été heureux en les transportant dans le Land Rover. Après quoi, nous sommes sortis rapidement de la ville sans savoir, ni l'un ni l'autre, par où commencer. Il y avait un tout petit peu de neige sur les bas-côtés, mais pas sur la route, et Charlotte m'a fait remarquer qu'elle n'aurait pas eu besoin de moi pour monter sur le plateau.

— Tu vas voir plus haut ! ai-je dit.

Effectivement, plus nous sommes montés et plus la couche de neige, d'abord mince, s'est épaissie, d'autant qu'il avait gelé pendant la nuit et que les arbres, de plus en plus nombreux, empêchaient le soleil de la faire fondre. Je n'ai pas pu résister plus longtemps et j'ai demandé en essayant de dissimuler la moindre appréhension dans ma voix :

— Cette jambe ?

— Elle va mieux.

Charlotte a laissé passer quelques secondes, comme si elle hésitait à donner davantage d'explications, puis elle a ajouté :

— Je serai définitivement fixée dans quelques mois, à l'occasion d'un dernier contrôle.

Et, comme je m'apprêtais à me réjouir à haute voix :

— Le traitement est trop récent. Les médecins m'ont expliqué qu'on peut toujours craindre une récidive.

— Il n'y aura pas de récidive, ai-je dit en me tournant vers elle. Tu es définitivement guérie.

Elle a bien voulu sourire, puis elle a repris en secouant la tête :

— Bastien ! Bastien ! Si tu n'étais pas là !

Je lui ai ensuite demandé des nouvelles de son petit ami et elle a répondu avec une pointe d'agacement :

— Il n'y a plus de petit ami. Je ne pouvais vraiment pas soigner deux personnes à la fois.

— Il était malade ?

— Non, mais il le croyait.

Après avoir quitté la nationale, la trace des pneus de voitures était à peine dessinée sur la petite route départementale. On ne pouvait s'aventurer ici qu'avec les plus extrêmes précautions.

— Alors ! ai-je dit, crois-tu que tu serais passée ?

— Peut-être pas, en effet, a-t-elle concédé.

Puis elle s'est extasiée avec, dans les yeux, des pépites de lumière comme en ont les enfants :

— C'est vraiment beau ! On dirait un monde neuf !

Tout était blanc, même le ciel, semblait-il, refermé au-dessus des arbres enluminés comme des lustres d'église. On avait l'impression de pénétrer dans un univers de coton au sein duquel tout était endormi, suspendu à on ne savait quelle attente, quel mystère à venir.

— Tu n'étais jamais venue à cette saison ?

— Non. Jamais. En été seulement.

Puis elle m'a demandé en se tournant brusquement vers moi comme si cette pensée venait de lui revenir à l'instant :

— Et toi, Bastien ? Ton bras ?

— Regarde ! ai-je dit en riant, il fonctionne mieux qu'avant !

Elle ne m'a pas cru mais n'a pas insisté. Nous avons continué à rouler, en silence maintenant, tout entiers attentifs à la forêt que n'agitait pas le moindre souffle de vent, et dont même les troncs semblaient avoir disparu, calfeutrés qu'ils étaient sous le givre et la neige. J'avais l'impression de m'enfoncer de plus en plus dans un univers d'où il serait impossible de s'échapper, un univers que je connaissais bien mais que, pourtant, après mon escapade dans le bas-pays, je redécouvrais avec étonnement, tellement il paraissait attirant, envoûtant, interdisant le moindre demi-tour. Un chevreuil a jailli des sous-bois à trente mètres devant nous, puis il a disparu de l'autre côté sans même avoir tourné la tête vers la voiture.

— Pourquoi est-il seul ? a demandé Charlotte.

— On est toujours seul, ai-je répondu.

Et, comme son visage s'était rembruni brusquement :

— Non. Ce n'est pas vrai. La preuve, tu es là, près de moi.

Mais ma réponse a éveillé en elle un écho probablement douloureux, car elle a gardé le silence jusqu'à Servières, alors que je tentais vainement de renouer le fil de notre conversation.

Une fois à la maison, Charlotte a embrassé rapidement Solange et s'est précipitée vers la cheminée au-dessus de laquelle elle a réchauffé ses mains. C'est une cheminée ouverte, à l'ancienne, avec un manteau de granit, et non pas close, comme on en trouve si fréquemment aujourd'hui. Après quoi elle a accepté de manger un morceau, sans doute plus pour faire plaisir à Solange que par faim véritable. Assis face à elle dans la salle à manger, je me suis enfin décidé à lui poser la question qui me taraudait l'esprit depuis quelques jours :

— Et Jeanne ? Est-ce qu'elle va venir ou pas ?

— Elle n'a toujours pas pu se libérer, mais elle m'a promis d'essayer encore. Je crois qu'elle ne s'appartient plus.

Et, comme je ne comprenais pas :

— Elle s'est remariée avec un magnat des affaires qui possède, entre autres, une société pétrolière.

— Elle aurait pu le dire.

— C'est la troisième fois, Bastien.

— C'est vrai.

J'ai ajouté, secoué malgré tout par cet ouragan que ma propre fille semblait soulever sous ses pas :

— Je n'ai jamais réussi à l'apprivoiser, même lorsqu'elle était enfant. Je la croyais là, et déjà elle était ailleurs. Quand je pense que je ne suis jamais parvenu à quitter le plateau, je me demande bien de qui elle tient.

— Tu peux aussi bien te le demander au sujet de Justine. Elle aussi a fui, mais elle, on ne l'a toujours pas retrouvée.

Comme je restais muet devant cette évidence, Charlotte en a profité pour évoquer ce qu'elle m'avait écrit dans une de ses lettres :

— J'ai pensé à ce curé qui l'avait aidée à trouver une place de gouvernante à Bordeaux. Il a dû connaître la vérité.

— Il est mort depuis longtemps. Ça ne sert à rien de s'entêter. Tu n'arriveras à rien après tant d'années de vaines recherches.

— Sais-tu au moins où il est mort ?

— À Tulle, je crois, dans une maison de retraite de l'Église.

— En quelle année ?

— Il y a plus de vingt ans.

— J'irai voir. Il a peut-être laissé quelque chose : un testament, une confession, je ne sais pas.

Je n'ai pu refréner un mouvement d'irritation.

— Oublie tout ça, petite, il vaut mieux. Les secrets de la confession ne sont jamais dévoilés à personne, et les prêtres ne possèdent pas suffisamment de fortune pour établir un testament. Et puis, c'est trop loin tout ça, je te l'ai déjà dit, et ça te fera plus de mal que de bien.

Elle a souri, répété :

— J'irai voir. J'en ai besoin.

— Dans ce cas, ai-je dit, je ne vois pas comment je pourrais t'en empêcher.

Elle avait fini de manger, ou plutôt de grignoter, comme à son habitude, et je lui en ai fait la remarque :

— Tu manges toujours aussi peu.

— J'ai repris un kilo, Bastien, et je compte bien en reprendre deux à l'occasion de notre réveillon.

— À propos de réveillon, est intervenue Solange en surgissant brusquement, il faudra me dire ce que vous voulez. C'est dans quatre jours.

Elle nous avait laissés seuls dans la salle à manger, ne voulant pas troubler nos retrouvailles, mais elle n'avait pu y tenir plus longtemps. Son arrivée a sonné le glas de nos confidences, du moins pour le moment. J'ai feint, comme d'habitude, de lui en vouloir de sa présence en disant à Charlotte :

— Imagine-toi qu'elle s'est installée ici sans même me demander la permission. Elle a cru que j'étais devenu incapable de me débrouiller tout seul. Elle a même failli déménager.

— C'est vrai, ça, Solange ? a demandé Charlotte.

— Ma pauvre petite, je vous souhaite bien du plaisir, a soupiré Solange. Plus il vieillit et plus il devient insupportable.

Nous avons ri, comme il se devait, puis Charlotte a aidé Solange à débarrasser la table, et elle est revenue s'asseoir face à la cheminée, qui semblait la fasciner.

— Quelle chance tu as, Bastien, de pouvoir faire du feu comme ça ! Quand on vit en ville, on a l'impression que ça ne peut plus exister nulle part, que le feu est devenu aussi rare qu'au début des temps.

Et elle a ajouté, après un bref silence :

— Comme ça sent bon !

— C'est du chêne, ai-je dit.

— Je croyais qu'il n'y en avait plus.

— Moi, j'en ai.

— Et tu ne brûles que ça !

— Un peu de hêtre, aussi.

— Jamais de pin ou de douglas ?

— Jamais. La résine encrasse les conduits et il est très difficile de les ramoner.

— Il existe encore des ramoneurs ?

— Oui, mais pas beaucoup.

— Ils montent sur les toits ?

— Il faut bien.

Charlotte s'est allongée à sa place habituelle, sa tête reposant sur le bord du canapé, face aux flammes, elle gardait les yeux grands ouverts, dans lesquels j'apercevais l'éclat rouge du foyer. Elle m'a alors demandé si les hommes travaillaient dans la forêt et je lui ai expliqué qu'ils ne reprendraient que le 2 janvier.

— Avec un froid pareil ?

— On ne peut pas rester sans travailler tout l'hiver.

Charlotte est demeurée un long moment sans parler et j'ai cru qu'elle s'était endormie. Mais elle a murmuré, comme pour elle-même :

— Je resterais bien là toute ma vie.

— Il faut être né ici pour pouvoir y vivre, ai-je dit malgré l'onde de bonheur qui avait coulé dans mes veines.

— Au milieu des arbres et de la forêt, a ajouté Charlotte comme si elle ne m'avait pas entendu.

— C'est trop dur. Tu verras dans quelles conditions on travaille si tu restes jusqu'au début janvier.

— C'est un fils qu'il t'aurait fallu, a soupiré Charlotte. Tu as dû l'espérer longtemps, je suppose ?

— Louise aussi l'a espéré, ai-je dit.

Et je lui ai raconté ce qu'il s'était passé au milieu des années soixante, notre folle espérance, la fausse couche de Louise qui lui avait fait frôler la mort, sa douleur mais aussi son espoir d'avoir peut-être un jour un petit-fils. Je lui ai également parlé de cet Alsacien qui venait à l'époque lors de chaque printemps, et du progrès qu'avaient apporté les grues hydrauliques et les porteurs suédois, enfin de notre impatience, après sa naissance, à la voir en été.

— Mais je n'étais qu'une fille et non un garçon, a-t-elle observé.

Je lui ai fait remarquer qu'elle était en âge de me donner un arrière-petit-fils et que j'étais capable de tenir le coup jusqu'à ce qu'il ait vingt ans.

— Je n'en doute pas, Bastien, mais le vrai problème, c'est de trouver le père. Même sur Internet, ce n'est pas si facile.

— On trouve des maris sur Internet aujourd'hui ?

— On peut trouver des hommes sans qu'ils deviennent des maris. On appelle ça le concubinage.

— Oui, c'est vrai. J'avais oublié.

Solange a surgi de nouveau dans la salle à manger en disant :

— Voilà ce que je vous propose : bouchées à la reine, boudin aux châtaignes, cèpes et rôti de bœuf, et une flognarde pour le dessert.

— C'est tout ? a demandé Charlotte.

Solange a tourné vers moi un visage accablé, comme si elle avait été coupable d'incompétence, et j'ai cru bon d'en rajouter :

— Je pensais plutôt à un chapon farci aux truffes.

Furieuse, elle est repartie dans la cuisine, et Charlotte s'est levée pour aller la rejoindre et, probablement, la rassurer sur ses qualités de cuisinière. Quand elle est revenue, Charlotte m'a dit que Solange lui avait demandé si elle devait partir chez elle ou rester, maintenant que je n'étais plus seul.

— Elle demande des permissions, à présent, ai-je dit, c'est nouveau.

— Allons, Bastien ! Qu'est-ce que tu ferais, sans elle ?

Je n'ai pas répondu. Je savais bien que plus je vieillirais et plus j'aurais besoin de quelqu'un près de moi, mais je n'étais pas décidé à le reconnaître, encore moins à l'accepter pour le moment.

— Nous en étions restés à la naissance d'un arrière-petit-fils, ai-je repris.

— Sait-on jamais ! Mais nous en reparlerons quand je serai guérie définitivement, si tu veux bien.

Puis Charlotte s'est redressée brusquement, comme sous le coup d'une idée soudaine, et m'a demandé :

— Tu m'as souvent parlé des messes de minuit de ton enfance, Bastien. Est-ce que nous irons ?

— Il n'y a plus de curé et plus de messe depuis déjà quelques années, ai-je répondu. Le monde a changé, tu sais.

— J'aurais pourtant bien aimé, a-t-elle dit en s'allongeant de nouveau, se pelotonnant en chien de fusil, ses deux mains glissées entre ses genoux.

Et sans même un soupir, elle s'est endormie, comme les enfants emportés par le sommeil au milieu d'une phrase.

28

Le surlendemain de son arrivée, Charlotte a souhaité que je la conduise à Tulle, dans cette institution du clergé où je pensais qu'était mort le curé d'Aiglemons après la fin de son sacerdoce. J'ai essayé de l'en dissuader, mais elle tenait à cette idée et j'ai dû obtempérer, non sans une certaine appréhension. Nous sommes partis juste après le repas de midi, et nous avons roulé en silence tout au long du trajet, comme si nous avions conscience de nous approcher d'un danger. Une fois dans la ville, je n'ai pas eu de mal à trouver l'institution en question, car Charlotte avait déniché l'adresse et le plan de la ville sur Internet, mais beaucoup plus à me garer, au sommet de la colline de cette ville encaissée le long de la rivière et dont on a l'impression, surtout en hiver, qu'elle ne voit jamais le soleil.

Charlotte n'a pas souhaité que je l'accompagne, et d'ailleurs je n'avais guère envie de me replonger dans des recherches toujours aussi douloureuses pour moi. Je l'ai attendue dans la voiture, m'interrogeant sur ce qui se passait à quelques dizaines de mètres de moi. Ainsi que je l'avais supposé, elle n'est pas restée absente longtemps : trois quarts d'heure seulement, puis elle est revenue, dépitée, en me disant :

— Il est bien mort ici. Il s'appelait André Ganet, mais il n'a rien laissé derrière lui. La sœur qui m'a reçue l'a bien connu et elle a accepté de m'en parler un peu. Elle m'a confié que le seul fardeau qu'il portait était celui de quelques familles juives qu'il n'avait pu sauver pendant la guerre. Je me demande de quoi il s'agit.

Je n'ai pas répondu et elle n'a pas insisté. Au fond de moi, j'étais soulagé, car j'espérais que cet échec – au demeurant prévisible – allait la décourager définitivement. En redescendant, elle a souhaité s'arrêter pour faire des courses en prévision de Noël, et je l'ai attendue une fois de plus dans la voiture, car je suis incapable de rester plus de cinq minutes dans un lieu où se meuvent plus de cinq personnes à la fois, surtout s'il s'agit d'un lieu clos. Cela tient évidemment à l'habitude de la solitude dans laquelle je vis, au besoin d'espace, de silence auquel je suis accoutumé. Je l'ai attendue longtemps cette fois-ci, compte tenu du fait que le supermarché était envahi de visiteurs venus faire, comme elle, leurs dernières courses.

Quand nous sommes remontés sur le plateau, il faisait nuit, déjà, et de légers flocons de neige trouaient l'obscurité, virevoltant comme des phalènes éblouies par une source de lumière. Les hautes silhouettes des arbres toujours pris par le gel nous guidaient de part et d'autre de la route, sentinelles fidèles auxquelles je savais pouvoir faire confiance. Mais c'était étrange, ces arbres surgis de l'obscurité dans la lumière des phares, comme ces lampes qui tirent brusquement des ténèbres des poissons mystérieux au fond de la mer.

C'est le soir, seulement, après le repas, que Charlotte m'a demandé ce que signifiait cette histoire de Juifs cachés pendant la guerre dont lui avait parlé la mère supérieure de Tulle.

— Beaucoup se cachaient ici, comme partout, ai-je répondu. Et les gens les aidaient de leur mieux. Mais il y a eu une rafle en 1944, et elle a fait, hélas, autant de victimes qu'ailleurs.

— Les gens les ont dénoncés?

— Non. Certains ont même tenté de les prévenir, d'autres de les recueillir avant qu'il ne soit trop tard, mais beaucoup ont été pris. Je crois me souvenir qu'il s'agissait de représailles à une attaque d'une colonne allemande par la Résistance. Le préfet a essayé d'intervenir, mais il n'a pas réussi à éteindre la colère de l'officier supérieur allemand, car ils avaient eu des morts.

— Et parmi ces résistants, Bastien, y avait-il des membres de notre famille?

— Tout le monde aidait la Résistance. Comme mon père circulait beaucoup dans la forêt, il la ravitaillait et faisait office d'agent de liaison. Cela ne l'a pas empêché de soigner un soldat allemand gravement blessé, ici, à Servières.

— Ici ? Dans la maison ?

— Non. Dans le hangar à bois.

— Comment est-ce possible, Bastien ?

— On l'avait trouvé agonisant au bord de la route. C'était un être humain, il souffrait, alors on l'a chargé sur le camion et on l'a soigné, tout simplement.

— Et personne ne l'a su ?

— Non. Quand il est mort, mon père l'a ramené où on l'avait trouvé, sans doute par peur d'être accusé de collaboration. Et pourtant, pour nous ce n'était pas un soldat mais un homme qui avait besoin d'aide. Quoi qu'il en soit, nous n'en avons jamais plus entendu parler.

Charlotte s'est redressée en disant :

— Attends, Bastien ! Ton père a soigné un soldat allemand, ici, à Servières, au plus fort des combats entre la Résistance et les Allemands ?

— Oui.

— Il aurait pu le laisser mourir, n'est-ce pas ?

— Oui, mais nous l'avons soigné, au contraire. Et le plus terrible, c'est qu'au cours des jours qui ont suivi, nous avons appris les pendaisons de Tulle et le massacre d'Oradour.

— Et vous avez continué à le soigner ? a poursuivi Charlotte, incrédule.

— On n'a pas pu tuer un homme, tout simplement. Mais qu'y a-t-il là de tellement étonnant ?

— C'est extraordinaire, Bastien ! s'est exclamé Charlotte. Pourquoi tu ne m'avais jamais parlé de cette histoire ?

— Après la mort de ce soldat, on a appris qu'un frère de ma mère se trouvait parmi les pendus de Tulle. On a eu honte, sans doute, d'avoir fait ce qu'on avait fait.

Charlotte a réfléchi quelques instants, puis elle a murmuré :

— Et si vous l'aviez su, Bastien, vous auriez tué ce soldat allemand ?

J'ai hésité quelques secondes avant de répondre :

— Je me suis souvent posé la question, mais je n'avais que quatorze ans, tu sais. C'est mon père qui décidait de tout.

Charlotte a réfléchi, puis elle a repris, presque à voix basse :

— S'il avait su qu'un frère de sa femme était parmi les pendus, est-ce que tu crois qu'Aristide aurait tué ce soldat ?

— Non ! ai-je répondu sans hésitation. Mon père n'aurait jamais tué un homme de sang-froid.

— Mais comment peux-tu en être sûr, Bastien ?

— Je le sais. Ça me suffit.

Et j'ai ajouté, pour la convaincre définitivement :

— On apprend dans la forêt que les arbres ne tuent que pour survivre. Ce soldat allemand ne nous menaçait pas.

Un long silence s'est installé, et je n'en ai pas été fâché car je me suis souvenu de la douleur de ma mère le jour où mon père, lui-même renseigné par la Résistance, lui avait appris que son frère Joseph avait été pendu à Tulle par les nazis. Aristide en était tombé malade, comme elle, sans que je sache si c'était de remords ou de chagrin : il aimait beaucoup Joseph, avec qui il était en relation du fait qu'il travaillait dans une scierie. Joseph n'habitait pas Tulle, mais un village voisin et, s'il se trouvait dans la ville le jour des massacres, c'est parce qu'il était allé chercher une lame de scie pour son patron. Un hasard si cruel, un destin si effroyable avaient hanté longtemps mon père et ma mère, de même que Justine, sans doute, qui elle aussi avait soigné ce soldat, mais personne n'en parlait jamais et il valait mieux. On avait porté secours à un homme gravement blessé et on avait découvert qu'il appartenait à une horde d'assassins. Comment ne pas se sentir coupable ou traître à une cause que tout le monde, sur le plateau, avait fait sienne ? Il est vrai que ce haut-pays a été un des bastions de la Résistance, et qu'il l'est resté longtemps, résistant, au moment des rendez-vous électoraux, jusqu'à la fin des années cinquante, en fait. Mais ce n'était pas là un sujet qui pouvait intéresser Charlotte, et je n'ai eu qu'une envie, ce soir-là, celle d'en changer le plus vite possible.

Je lui ai alors demandé si elle avait pu joindre sa mère et elle m'a répondu :

— Pas encore. Demain, j'espère. Mais tu sais Bastien, je ne crois pas qu'elle vienne ici, si loin de Paris et des aéroports, d'autant que je l'ai rassurée sur mon sort, au sujet duquel, d'ailleurs, je ne lui ai jamais dit l'exacte vérité.

— Ah bon ?

— J'ai vingt-huit ans, Bastien.

— Mais c'est ta mère.

— Elle a toujours été si loin…

Comme il était très tard, nous sommes allés nous coucher, non sans que Charlotte ait murmuré au moment de me dire bonsoir :

— Dire que je n'ai jamais connu cet homme ! Quelle chance tu as eue, Bastien, d'avoir un père pareil !

C'était évidemment là des propos tenus à cinquante ans de distance par une jeune femme qui, précisément, n'avait rien connu de l'époque, et vivait aujourd'hui au sein d'une Europe en paix. Mais ils m'ont fait du bien, et j'ai pu dormir, cette nuit-là, comme si tout était oublié, pardonné, définitivement.

29

Le lendemain, Charlotte s'est levée tard et nous n'avons pu reprendre notre conversation qu'au cours du repas de midi. Il n'y avait pas de message de Jeanne sur son ordinateur, et Charlotte en a conclu que nous ne la verrions pas. Solange a débarrassé rapidement la table parce qu'elle voulait que je la conduise à Aiglemons pour faire des provisions en vue du réveillon et, dès notre retour, elle s'est mise en cuisine, alors que la nuit tombait déjà, trouée par quelques flocons qui semblaient s'épaissir de minute en minute.

— C'est la première fois que je passe Noël ici, a constaté Charlotte. Quand j'étais petite, c'était à Megève, avec ma mère.

— Oui, ai-je dit, et pourtant nous aurions tellement aimé que tu sois près de nous à cette période-là.

Nous avions maintenant abandonné l'espoir, elle et moi, de compter Jeanne parmi nous ce soir-là. Nous allions réveillonner à trois, tout simplement, en compagnie de Solange, et ce serait déjà bien, si l'on pensait aux longues années durant lesquelles nous avions été séparés, Charlotte et moi. Il était sept heures du soir, à peu près, quand elle s'est levée pour aller aider Solange qui, pourtant, prétendait n'avoir besoin de personne. Je suis resté seul un moment dans la salle à manger à me remémorer les Noëls d'autrefois, et c'est alors que j'ai aperçu les phares d'une voiture au bas du chemin. Elle a paru hésiter, a même esquissé un demi-tour, puis elle s'est ravisée et elle est venue se garer sagement devant la terrasse dont j'ai allumé la lumière. Je suis sorti au-devant de ce que je pensais être des promeneurs perdus, et j'ai été aussitôt emporté dans un tourbillon au sein duquel seule la voix m'a paru familière, bien que lointaine et teintée d'un accent inconnu :

— Pèère ! Mon pèère ! *My father !* Ah ! Comme je suis contente !

Jeanne, car c'était bien elle, m'a entraîné en tournant sur elle-même à l'intérieur et ne m'a lâché que pour prendre dans ses bras Charlotte accourue au bruit, et nous n'avons pu échapper à cette tornade qu'après de longues minutes d'effusions. C'est alors que je me suis retourné vers l'entrée où se tenait un homme – le conducteur sans doute – qui attendait patiemment, les bagages à la main. Dès que je m'en suis inquiété, Jeanne m'a expliqué qu'il repartait aussitôt.

— Avec ce temps ? ai-je demandé.

— Quel temps ?

— Il neige.

— Et alors ?

— Il ne connaît pas la route, il ne passera pas.

— Bien sûr que si, il passera. Il est payé pour passer partout, ce qu'il fait d'ailleurs très bien. N'est-ce pas Peter ?

L'homme, la cinquantaine distinguée et énergique, a hoché la tête, posé les deux valises et a fait demi-tour en nous souhaitant le bonsoir sans que j'aie pu esquisser un geste pour le retenir. Jeanne nous a alors entraînés vers le canapé, s'est assise entre nous, nous a pris par le bras, et s'est écriée, ravie :

— Ici, dans cette maison, entre mon père et ma fille, j'ose à peine le croire ! Comment est-ce possible ?

— C'est à toi qu'il faudrait poser la question, a dit Charlotte.

— C'est vrai, tu as raison.

Elle avait beaucoup changé, m'a-t-il semblé : ses traits s'étaient creusés, la commissure des lèvres alourdie, de même que le dessous de ses paupières, mais il y avait en elle encore beaucoup de Louise : sa façon de sourire, de regarder fixement les gens, de redresser la tête de temps en temps comme pour se grandir. Un torrent de parfum jaillissait de chacun de ses gestes, mais ce n'était pas un parfum ordinaire : on devinait qu'il s'agissait d'un parfum rare, sans doute venu de Los Angeles. Je me suis alors demandé quel âge elle avait, et j'ai réalisé qu'elle aurait cinquante ans au cours de l'année à venir. Je ne l'avais pas revue depuis douze ans, comme Charlotte avant elle, c'est-à-dire depuis les obsèques de Louise.

Mais elle se souciait peu de son âge, manifestement, et elle a accueilli Solange venue aux nouvelles comme si elle l'avait bien connue :

— Mais bien sûr, Solange, pensez donc ! Si je me souviens !

Je n'ai pas osé préciser qu'elles ne s'étaient jamais croisées et, d'ailleurs, elle ne m'aurait pas entendue, car elle s'est extasiée :

— C'est formidable ! Nous avons toute la nuit devant nous !

Et elle a répété à plusieurs reprises :

— Toute la nuit, vous vous rendez compte !

— Et le jour de Noël ! a dit Charlotte.

— Non, chérie, désolée. Je dois être à Limoges demain en début d'après-midi pour prendre l'avion pour Paris et de là, à dix-sept heures, pour Londres, où je plaide après-demain.

— Un 26 décembre ?

— Bien entendu, un 26 décembre, pourquoi ? C'est interdit en France ? Mais donne-moi plutôt des nouvelles de ta jambe, chérie.

— Les médecins me disent qu'elle est guérie.

— Tu sais que les meilleurs spécialistes du monde sont à Los Angeles. Il faudra venir vérifier, cela me donnera l'occasion de te voir.

Nous avions du mal, Charlotte et moi, à faire face à cet ouragan qui était entré dans la maison, et que des flûtes de champagne, apportées par Solange, vinrent un peu apaiser. Jeanne en but deux, coup sur coup, se laissa aller en arrière contre le canapé et souffla :

— Du champagne, ici, avec vous, quel bonheur !

Et, s'adressant à sa fille :

— Alors ! Raconte-moi ! Il paraît que tu t'intéresses à la forêt de Bastien. C'est une bonne idée, tu sais.

— Elle ne l'a pas été pour toi, a dit Charlotte, un peu piquée par un jugement lâché si abruptement.

— C'est vrai, chérie, mais j'en avais tant d'autres en tête !

J'ai senti que Jeanne n'était pas venue pour parler du passé, mais de l'avenir et, pour le moins, de l'avenir tel qu'elle l'envisageait. D'ailleurs, dès que Solange nous a demandé de passer à table, elle s'est ingéniée à convaincre Charlotte d'entrer dans sa *company*, afin de s'occuper à Paris des fonds de pensions américains qu'on lui confiait pour les investir dans des sociétés européennes.

— Personne ne ferait ça mieux que toi, chérie, je te connais bien, tu sais, et j'ai suivi tes études de près.

— Non ! D'un peu plus loin, a relevé Charlotte en souriant.

— Oui, tu as raison. Mais ça n'empêche pas.

Puis, se tournant subitement vers moi :

— Tu ne changes pas, père, et j'espère bien que tu ne changeras jamais.

— C'est en effet dans mes projets, ai-je répondu un peu vertement, mais en réalité je n'en voulais pas à Jeanne qui était tout simplement demeurée fidèle à ce qu'elle avait toujours été.

Elle s'est extasiée devant les bouchées à la reine mais a seulement grignoté le boudin blanc aux châtaignes au grand désappointement de Solange qui, pourtant, n'a pas osé en faire la remarque. En fait, une fois sa faim calmée par le premier plat, Jeanne a tenu à nous expliquer qu'elle n'était pas à proprement parler une avocate mais ce que, aux États-Unis, on appelait une « lobbyiste » : elle défendait des dossiers d'implantation économique, culturels ou environnementaux devant des États, des autorités régionales ou locales, et cela pour le compte de grands groupes privés qui ne lésinaient pas sur les moyens.

— J'ai créé ma propre *company* il y a un an, a-t-elle ajouté, dans laquelle Henry, mon nouveau mari, a investi également.

Cette révélation l'a fait hésiter un instant, mais cela n'a pas duré :

— Oui, père, je me suis remariée. Il est charmant, Henry, il faudra que vous le rencontriez.

— Ce sera avec plaisir, a dit Charlotte. N'est-ce pas, Bastien ?

— Bien sûr.

Je n'avais pas envie de voir gâcher cette soirée si étonnante, si inespérée, et je me suis bien gardé de tenter de la tirer d'un passé qui, pour Jeanne, c'était évident, n'avait jamais existé. Charlotte devait être dans les mêmes dispositions d'esprit que moi, car elle était touchée, au fond d'elle-même, par l'effort qu'avait fait sa mère pour venir se perdre si loin de ses routes habituelles. Aussi l'avons-nous écoutée avec autant de patience que de plaisir, finalement, surtout lorsque je me suis hasardé à lui dire, vers la fin du repas, après avoir jeté un coup d'œil par la fenêtre et constaté qu'il neigeait de plus en plus :

— Ton Peter ne passera pas demain matin. Tu vas être bloquée ici pendant deux ou trois jours.

— Il passera, père, il passera. Si ce n'est en voiture, ce sera en hélicoptère.

— En hélicoptère ! s'est exclamée Charlotte.

— Ce ne sera pas la première fois. Lisa, ma secrétaire, s'occupe de tout planifier depuis les États-Unis, mais nous avons tous les relais nécessaires en Europe. Peter est en liaison constante avec elle.

— Ta Lisa ne sait rien de la neige d'un plateau au centre de la France, ai-je fait remarquer, non sans une certaine satisfaction.

— Mais bien sûr que si, voyons ! Elle est reliée aussi à la météo par un abonnement personnel de la *company*. Elle choisira la bonne solution demain matin à la première heure. D'une manière ou d'une autre, je serai à Londres le 26, c'est absolument indispensable.

Qu'aurions-nous pu ajouter devant tant d'évidences et de certitudes énoncées avec une telle assurance ?

Après la flognarde qui a vaguement rappelé quelque chose à Jeanne – mais je suis certain qu'elle n'a pas réussi à faire le lien avec celle de Louise, bien que je l'aie vue un moment chercher dans sa mémoire – nous avons regagné nos places, moi dans le fauteuil, face à ma fille et à ma petite-fille, en me demandant si je ne rêvais pas. Tant d'années seul, sans remords, sans regrets, et cette nuit toutes les deux, près de moi, si différentes et pourtant si semblables physiquement ! À quelle vitesse folle le monde avait changé, surtout pour moi qui n'avais pas voulu esquisser le moindre pas dans sa direction ! Était-ce possible de mener des vies si éloignées, si dissemblables, alors qu'elles avaient commencé de la même manière ? Il fallait me rendre à l'évidence : c'était bien de cela qu'il s'agissait, cette nuit de Noël : la confirmation de destins différents, lointains, étrangers, qui ne pouvaient plus communiquer, se rencontrer que par une sorte de miracle dû au progrès des techniques du nouveau siècle.

Nous avons parlé encore un long moment en feignant d'ignorer cette évidence, que chacun de nous tenait à oublier, car nous sentions bien qu'il n'y aurait plus jamais de rencontre comme celle-là. Charlotte a expliqué à sa mère en quoi consistait exactement son travail à la banque et Jeanne a insisté une nouvelle fois pour qu'elle rentre dans sa *company*. Ensuite, ma fille a tenté de s'intéresser aux arbres détruits par la tempête dont elle avait vu les images aux États-Unis.

— Ces magnifiques spécimens par terre dans le parc des châteaux, quelle désolation ! Mais tu sais, père, j'ai donné des fonds pour la campagne de replantation lancée chez nous.

Et, comme si un doute l'avait saisie, soudain :

— J'ai bien fait, n'est-ce pas ?

— Tu as bien fait, ai-je dit en mesurant une fois de plus, mais sans lui en vouloir, à quel point elle était éloignée de la vie à Servières.

Je n'ai même pas tenté de lui expliquer ce qui s'était passé ici, je n'avais pas envie de gâcher ainsi des moments rares que nous ne revivrions plus jamais. Et la conversation a duré, de projets de voyages en projets d'affaires, de promesses de rencontres futures en constats d'impossibilité de modifier des plannings établis de longue date, jusqu'au moment où le décalage horaire et la fatigue du voyage sont brusquement tombés sur les épaules et le visage de Jeanne. Il était trois heures du matin. Elle s'est redressée quelques instants, puis elle a murmuré d'une voix éteinte :

— Je suis désolée, j'aurais tellement voulu…

Mais elle n'a pas protesté quand Charlotte lui a proposé de la conduire à sa chambre et elle nous a embrassés avec affection, une affection sincère, je l'ai senti, et dont j'ai été bouleversé, comme Charlotte, j'en suis sûr.

Le lendemain, à onze heures, Jeanne était debout, pleine d'énergie, maquillée, apprêtée dans un tailleur vert magnifique, et elle s'impatientait déjà de ne pas avoir de nouvelles de Peter.

À ma grande surprise, il est apparu bien en avance sur l'heure prévue dans une Toyota équipée de chaînes, et il a enlevé Jeanne en quelques minutes sans presque nous laisser le temps de l'embrasser. Quand nous sommes rentrés, Charlotte et moi, nous n'avions pas envie de rire de cet ouragan formidable qui venait de passer sur nous, mais plutôt d'en pleurer.

30

Il nous a fallu du temps pour nous en remettre : trois jours au moins, avant que la présence de Jeanne et jusqu'à son parfum s'estompent enfin dans un souvenir cher, comme miraculeux, mais, aussi, douloureux. Nous sommes peu sortis, car il faisait très froid, et Charlotte avait entrepris d'intégrer les éléments des parcelles de forêt que je possédais dans son ordinateur. Je les lui communiquais en détail et elle scannait les plans – un terme nouveau pour moi – afin de les reproduire sur son écran, avec leur surface, leur essence, la date de plantation, celle de la première éclaircie à envisager, la date de coupe probable. Je la devinais heureuse, je comprenais qu'elle faisait là un chemin qui la rapprochait encore davantage de moi et, en même temps, je m'en voulais un peu car je me demandais si j'avais bien le droit de l'attacher ainsi à ma vie. Quand nous avons eu terminé ce travail, elle m'a dit un soir :

— Il faut aussi aller au bout de l'histoire de notre famille, Bastien, j'ai besoin de tout savoir.

Je lui ai alors confié à quel point nous l'attendions Louise et moi, quand elle venait en vacances, comment nous en parlions indéfiniment à l'approche de juin, mais je n'ai pas tout dit de notre déception quand elle n'est plus venue. Je suis sûr qu'elle a dû le comprendre, car elle a tenu à se justifier, comme si elle se sentait coupable d'une situation dont elle n'était pourtant en rien responsable :

— C'est à cause du divorce de mes parents que je suis allée en Normandie, dans la famille de mon père, mais je ne m'y plaisais pas du tout. Ici, au contraire, entre vous deux, j'étais bien : je me sentais en sécurité.

Et elle a ajouté, posant une main sur mon bras :

— Il ne faut rien regretter, Bastien : c'est peut-être à cause d'un manque, d'un besoin, que je suis revenue au printemps dernier.

— Tu as raison, il ne faut rien regretter, mais ces années-là n'ont pas été faciles pour Louise qui, heureusement a trouvé dans l'étude des arbres une passion véritable. Elle a voulu créer une pépinière où nous pourrions puiser pour la replantation et tu penses bien que je l'y ai encouragée. Cela a été difficile au début, mais cette décision nous a ouvert des horizons nouveaux : c'est tout un art, une grande patience, que de faire naître le plant de la graine, le protéger pendant deux ans comme un enfant avant de le repiquer, et pouvoir l'utiliser la troisième année en le mettant bien à l'abri du soleil et du vent. Nous y sommes parvenus en quelques années seulement. Je crois que j'ai mis en terre les premiers plants de Louise en 1980. Elle a été heureuse et fière de ce succès.

— Qu'est-elle devenue, cette pépinière?

— Je n'ai pas continué quand Louise est morte. C'était son œuvre à elle, à elle seule.

— Peux-tu me dire au moins où elle se trouvait?

— À côté de l'atelier, un peu plus bas, à l'abri du vent.

— Il n'en reste rien aujourd'hui?

— Non. Rien.

— Mais pourquoi, Bastien?

— C'était trop près de moi, je la voyais tous les jours, j'avais l'impression que Louise allait réapparaître dès que je portais le regard vers la combe…

Je n'ai pu poursuivre, mais Charlotte n'a pas insisté. J'ai alors fait rapidement diversion vers la première tempête de la nuit du 8 au 9 novembre 1982 et je lui ai raconté comment, au milieu de l'après-midi, le vent de sud-ouest, si étonnant en cette saison, m'avait surpris sur un coteau où il avait failli renverser un porteur en déséquilibre. D'ordinaire, en novembre, le vent souffle de l'ouest ou du nord, mais ne vient jamais du sud. Et cependant, ce jour-là, au lieu de tomber, il n'avait fait que se renforcer jusqu'à la nuit, hurlant comme un fou pour atteindre le sommet de sa violence entre huit et dix heures.

— Avec Louise, ai-je expliqué, nous n'avons pas pu nous coucher. Nous regardions par la fenêtre sans pouvoir distinguer ce que ce déchaînement provoquait réellement sur le coteau où il nous semblait entendre des arbres casser, voir passer des branches venues d'on ne savait où, mais nous n'imaginions pas du tout ce que nous allions découvrir le lendemain matin, d'autant que la tempête s'était un peu atténuée vers minuit, pour se calmer avec le jour. Nous avons seulement eu l'intuition de la catastrophe dans le parc autour de la maison, sans penser à ce qui nous attendait dans la forêt où nous sommes partis dès que nous avons pu dégager la route. Jamais elle n'avait été châtiée, mutilée, dévastée de la sorte. Les dégâts étaient considérables, surtout dans les épicéas qui s'étaient brisés comme des baguettes alors que nous les pensions résistants au vent et aux maladies, mais également chez les douglas dont certains, les plus exposés, avaient été arrachés. En revanche, les feuillus avaient mieux résisté, d'autant qu'ils étaient plus vieux et mieux racinés que les nouveaux plants. C'est ce constat accablant que nous avons fait tout au long de la journée. Il nous a découragés, car c'était la première fois que nos plantations étaient ainsi frappées, et nous découvrions que tout notre travail pouvait être anéanti en quelques heures seulement.

— Mais vous n'avez pas renoncé, a dit Charlotte. Cela ne vous est même pas venu à l'idée, j'en suis sûre.

— Non. Pas une seconde. Nous nous sommes remis au travail dès le lendemain, avec les tronçonneuses.

— Même Louise ?

— Même Louise. Elle aimait le contact avec le bois, avec la sciure, et manier une tronçonneuse toute une journée ne lui faisait pas peur.

— Vous n'aviez pas de machines, comme aujourd'hui ?

— Non. C'est justement cette tempête de 1982 qui a provoqué la mécanisation, car c'était la première fois qu'il y avait tant d'arbres par terre, et on ne savait pas faire face. Alors on a fait venir des entrepreneurs suédois qui sont arrivés avec des tronçonneuses à couteaux, très difficiles à manier, mais aussi des premières machines à tête coupeuse qui ont provoqué beaucoup d'accidents car elles n'étaient pas tout à fait au point. Ce qu'on ne connaissait pas vraiment, également, c'était le danger des arbres sous pression, les tensions qu'ils exercent les uns sur les autres, les graves blessures qu'ils occasionnent en se dégageant.

— Vous avez eu beaucoup de blessés ?

— Deux de nos forestiers. Fractures multiples. Mais trois hommes sont morts en tout, sur le plateau.

— Cela ne vous a pas empêchés de continuer.

— Non. On a toujours vécu de la forêt, et puis il y avait tellement de travail devant nous qu'on ne s'est même pas posé la question – comme aujourd'hui, d'ailleurs. Et de toute façon, la forêt aurait continué sans nous. Tu te souviens de ce que j'ai dit un jour : le cœur des forêts ne cesse jamais de battre.

— Je n'ai pas oublié, Bastien, c'est d'ailleurs pourquoi je suis là…

Ainsi, au cours de ces conversations qui tentaient de lier le passé et le présent, nous avons franchi les jours qui nous séparaient du début de janvier et de la reprise du travail.

Il faisait plus froid, mais la neige ne menaçait pas et les routes avaient été dégagées. J'ai fait venir Étienne, et nous avons passé deux heures à examiner dans quelles parcelles il serait le plus facile de travailler. Charlotte a assisté sans un mot à notre conversation, mais j'ai senti qu'elle s'y intéressait, et elle est restée avec nous, ensuite, quand nous sommes sortis du bureau pour nous installer dans le salon. À un moment donné, je suis allé dans le bureau pour répondre au téléphone, et quand je suis revenu, je les ai trouvés en train de discuter calmement, sans l'émotion de la première fois, comme s'ils se connaissaient depuis longtemps. J'en ai été à la fois heureux et irrité, sans bien savoir pourquoi.

Le 1er janvier soufflait un vent du nord-est qui était glaçant, mais Charlotte a voulu me suivre sur un chantier, et elle a mesuré, encore davantage qu'à la belle saison, à quel point ce travail était dangereux et rudes les hommes qui l'effectuaient. Pourtant, nous étions en terrain plat, sans la moindre pente où il aurait fallu prendre des risques, et cependant, les machines dérapaient sur la neige gelée, surtout les porteurs lorsqu'ils étaient trop chargés. Elle en a été troublée, comme si elle prenait vraiment conscience du fait que la force et la violence étaient indispensables ici, *a fortiori* en cette saison – il m'a même semblé qu'elles lui rappelaient celles qu'elle avait découvertes le premier jour où elle avait ressenti les effets des chocs effrayants de l'acier sur le bois, ce malaise qui l'avait saisie, bouleversée alors.

L'après-midi, malgré quelques rayons de soleil apparus pendant le repas, elle n'a pas souhaité repartir sur les coupes. Elle m'a alors annoncé tout à trac qu'elle regagnait Paris le lendemain matin, et je n'ai pas cru devoir en discuter.

— Tu es sûre que tout va bien ? ai-je demandé.

— Bien sûr, Bastien ! Mais il faut bien que je m'en aille, si je veux pouvoir un jour revenir.

— D'autant que tu m'as promis de m'aider à planter. Tu te souviens ?

— Je me souviens parfaitement.

Comme elle me sentait déçu de la voir si tôt repartir, elle s'est ingéniée à me rassurer en me disant :

— Il faut bien que je travaille, mais n'oublie pas que j'emporte ta forêt avec moi. Je te promets de la visiter tous les jours sur mon écran magique.

Nous avons passé un calme après-midi, au cours duquel je me suis efforcé de ne pas la retenir et, cependant, je savais que je souffrirais de son absence dès qu'elle serait partie. Elle était là depuis plus de dix jours, nous avions passé beaucoup de temps ensemble, nous avions beaucoup parlé – aussi bien du présent que du passé –, et il me semblait qu'elle aurait pu rester, que peut-être un mot, un geste de ma part aurait suffi. Mais je savais que je n'en avais pas le droit et je n'ai rien tenté, ni prononcé la moindre parole susceptible de la convaincre.

Au cours de la soirée, elle m'a reparlé une fois encore de Justine, et j'ai compris qu'elle n'avait pas renoncé, qu'elle ne parvenait pas à tirer un trait sur un passé impénétrable et douloureux.

— Si elle a disparu, m'a-t-elle dit dans un sourire, c'est peut-être parce qu'elle avait choisi de disparaître. C'est là une éventualité que nous n'avons jamais envisagée. Qu'en penses-tu, Bastien ?

Je n'ai pas voulu relever ces quelques mots énigmatiques dont je savais qu'ils ne nous conduiraient nulle part. J'ai préféré finir la soirée en lui parlant des plantations à venir et, quand nous nous sommes embrassés, au moment d'aller nous coucher, elle m'a dit en me serrant dans ses bras :

— Ne t'inquiète pas, Bastien, nous serons vite au printemps. Il suffit seulement que tu prennes soin de toi.

Et le lendemain matin, après une nuit où je n'ai pu dormir plus d'une heure, je l'ai accompagnée à Tulle jusqu'à sa voiture, en comprenant qu'elle avait du mal à s'en aller. Elle est restée un long moment debout devant la portière, et c'est moi qui ai fait le premier pas pour m'éloigner. Une fois assise au volant, elle a hésité encore avant de mettre le contact. Alors, j'ai tourné le dos et je suis monté dans le Land Rover sans me retourner.

QUATRIÈME PARTIE

31

Je me suis retrouvé seul, comme je l'étais depuis longtemps, mais j'ai compris que pour la première fois j'allais en souffrir. Je n'ai pourtant pas cru devoir retenir Solange quand elle m'a annoncé qu'elle regagnait sa maison, alors qu'elle espérait que je prononcerais les mots qui lui permettraient de rester près de moi définitivement. Mais je ne l'ai pas fait, à cause de cette impression que je ressentais depuis toujours de trahir Louise, et aussi la conviction de renoncer à une manière de vivre qui, pour moi, depuis toujours également, était l'expression de la force et non de la faiblesse. En fait, ç'aurait été une capitulation, que j'ai repoussée de toute mon énergie – la dernière, c'était de plus en plus évident.

Ainsi, au cours de ce mois de janvier-là, je me suis efforcé de sortir chaque matin malgré le froid, de me rendre sur les chantiers même lorsque la neige s'est remise à tomber le 20, recouvrant en quelques heures les routes de trente centimètres d'une couche épaisse qui a gelé dans la nuit. Et cependant, nous avons pris, avec Étienne, la décision de ne pas nous arrêter, de passer outre le verglas sur les routes en équipant de chaînes les voitures des hommes et, pour le débardage, de travailler en terrain plat – nous avions gardé à cet effet une grande parcelle dans les bois de Chènevrière dont l'accès était facile et sur laquelle les coupeuses et les porteurs trouvaient la possibilité de manœuvrer sans trop de danger.

Je rentrais peu avant la nuit, évitais de m'asseoir dans la salle à manger où l'absence de Charlotte m'était trop douloureuse devant le canapé vide, je dînais rapidement et me réfugiais dans mon bureau qui représentait désormais mon refuge, l'endroit à partir duquel je pouvais me remettre à voyager dans le temps, retrouver les moments heureux de ma vie, les souvenirs les plus lointains, les plus insignifiants mais non les moins précieux.

Justine et Louise m'entouraient fidèlement, m'accompagnaient sur les chemins où j'aimais à me perdre, près d'elles, comme ce matin d'école où nous avions découvert, Justine et moi, un chevreuil blessé dans la neige. Il avait dû être tiré par un chasseur et les balles lui avaient cassé les deux pattes de devant, si bien qu'il ne pouvait se redresser, que ses yeux devenaient blancs de frayeur chaque fois que nous tendions nos mains vers lui. Justine s'était refusée à aller jusqu'à l'école, ce matin-là : elle avait voulu revenir de toute force à Servières pour alerter notre mère, et je m'étais un peu inquiété de cette défection, car un devoir de français m'y attendait et je n'avais pas l'habitude de m'y soustraire.

Quand notre mère nous a vus arriver, elle a levé les bras au ciel et s'est félicitée du fait que notre père soit en forêt, sur un chantier éloigné. Elle a d'abord refusé de nous venir en aide mais, comme Justine menaçait de se laisser mourir près de l'animal si l'on ne faisait rien, elle a accepté de nous suivre en poussant une brouette, afin de ramener le chevreuil à la maison. Ce que nous avons réussi non sans mal, car il s'est débattu un long moment, et il a fallu le tenir pour qu'il ne se blesse pas davantage. Ensuite, notre mère a inventé un stratagème pour que notre père ne s'aperçoive pas de la présence de l'animal dans la remise, et elle a accepté de le soigner en notre absence, lorsque nous étions à l'école.

Je me souviens que nous courions sur le trajet malgré la neige, je me rappelle la peur panique de Justine, cet hiver-là, son désespoir quand le chevreuil est mort, trois jours plus tard, et l'endroit exact où nous l'avions enterré, avec l'aide de notre mère, au demeurant soulagée. Mais Justine en est tombée malade, et l'inquiétude de Clarisse avait même gagné notre père qui ne comprenait pas comment on pouvait rester couché sans fièvre, simplement parce que l'on n'avait pas la force de se tenir debout. C'était Justine, elle était ainsi, et je devinais déjà combien cette fragilité allait avoir d'influence sur sa vie – sur notre vie.

Bien des souvenirs étaient de cette nature. Des peurs immenses, des courses folles, qui parvenaient toujours à m'ébranler alors que j'étais d'un naturel confiant, plus proche de mon père que de ma mère ou de ma sœur. Je me souviens de ce jour d'hiver où nous revenions de l'école à la nuit tombée, quand elle m'a persuadé que nous étions poursuivis par des cavaliers : elle avait un tel don de parole qu'elle réussissait à faire entrer ses rêves, ou ses cauchemars, dans la réalité, et ce soir-là – ce devait être en décembre – j'ai entendu distinctement le galop des chevaux derrière nous, les cris des cavaliers, et je n'ai jamais couru aussi vite de ma vie. Nous sommes arrivés hagards, à bout de souffle, les jambes coupées, à la maison, devant notre mère épouvantée. Justine s'est expliquée, et je me demande encore aujourd'hui si elle n'est pas parvenue à convaincre notre mère de ce à quoi nous avions par miracle échappé.

On aurait dit que le monde entier était en résonance avec elle, qu'elle en portait tout le mystère, toute la douleur, tout le chagrin. Même les bourgeons gelés des feuillus, un hiver, l'avaient rendue malade. La moindre défaillance, la moindre souffrance d'un être ou d'un arbre la dévastait. Au point que je m'étais persuadé que c'était tout simplement la nature des femmes, et que je n'ai été persuadé du contraire qu'à partir du jour où je me suis mis à vivre avec Louise dans la maison de Servières.

La seule faille de Louise était son désir d'enfant. Pour le reste, elle était forte, ne se couchait jamais lorsqu'elle était malade, et c'est pour cette raison, sans doute, que nous avons découvert le mal qui la minait à la fin de sa vie seulement, alors qu'il était trop tard. C'est le médecin d'Aiglemons qui nous a informés de l'absence d'espoir, d'une issue rapide et inéluctable. J'ai mieux compris à ce moment-là combien Louise était forte. Pas une plainte, pas un regret, mais l'acceptation d'une fin à ses yeux naturelle :

— Il faut bien que des hommes ou des femmes meurent pour que d'autres naissent, me disait-elle. De toute façon, tu sais bien que je crois que rien n'a été perdu, que tout est sauvé, même l'enfant que nous n'avons pu avoir. N'est beau que ce qui doit cesser sur cette terre. C'est la condition pour que nous puissions le retrouver ailleurs, plus grand, plus précieux.

Ç'aura été évidemment la période la plus terrible de ma vie, qui n'a duré que quatre mois, mais que je ne souhaite à personne. Car contrairement à ce que je croyais, au lieu de la garder jusqu'au bout pour atténuer ses douleurs, l'hôpital me l'a rendue quand il n'y a plus rien eu à faire. Heureusement, une infirmière passait trois fois par jour pour faire les piqûres destinées à l'empêcher de trop souffrir. Le reste du temps, j'étais seul avec Louise méconnaissable, maigre à faire peur, et je lui parlais du temps où nous nous retrouvions dans la forêt, alors que nous étions adolescents, des chemins que nous parcourions côte à côte, en nous cachant, des tapis de feuilles qui nous accueillaient lors des après-midi de canicule, à l'ombre des grands arbres, dans le secret des bois ; je lui rappelais nos courses pour ne pas arriver en retard au village, nos séparations sous le grand chêne au pied duquel, sous une racine, nous laissions nos messages de rendez-vous.

Je ne sais si elle m'entendait et, pourtant, parfois, un sourire naissait sur ses lèvres, me donnant l'impression qu'elle me suivait, que nous avions quinze ans, que la lumière de ces jours-là était bien la même et qu'elle ne s'éteindrait jamais. Elle s'est éteinte, pourtant, un soir, vers six heures, peu avant l'arrivée de l'infirmière, et j'ai senti la vie quitter la main que je tenais, avec autant de soulagement que de douleur. Car la souffrance chez ceux qu'on aime est bien plus terrible que notre propre souffrance, je le sais aujourd'hui, comme je sais que j'aurais été capable d'y mettre fin si elle avait continué. Il me suffisait pour cela de lui injecter à haute dose les antidouleurs qui attendaient dans le frigidaire, et de pousser la seringue sans le moindre doute, la moindre appréhension, le moindre remords. Mais n'est-ce pas ce qui s'est passé ? Je me le demande, parfois, tant ces jours demeurent en moi infiniment douloureux, cruels, insupportables.

C'est à peine si je me souviens de la présence de Jeanne et de Charlotte pour les obsèques, deux présences furtives et très vite évanouies, pas même secourables, que la sortie de cimetière a balayées comme le vent de ce jour-là ; un vent malade, trop chaud pour la saison – nous étions en avril et les plants de Louise devaient en mourir en quelques jours. Et puis la découverte de la solitude, malgré la présence, quelques heures en milieu de journée, de Solange, ce refuge dans lequel je me suis blotti afin de demeurer fidèle à ce qui a été ma vie et, aujourd'hui, malgré tout, le demeure : pas la moindre abdication, mais le travail, au contraire, les arbres, le monde de la forêt qui, mieux que n'importe lequel, m'entoure, m'accompagne, me persuade d'une permanence sans laquelle je n'aurais pu continuer à vivre.

C'est à cette permanence que je suis livré chaque nuit, dans les souvenirs autant que dans un présent qui m'aide à tenir debout, même dans les difficultés de l'hiver – mais le temps en cette fin janvier a cassé, et le travail est devenu plus facile, au point que j'ai passé toutes les journées dehors à partir du 25, près de mes forestiers, et que la fatigue m'a précipité dans le sommeil dès neuf heures du soir. Ce sommeil trop rapide fait que je me réveille à trois heures, et je m'assois pour écrire ces lignes dont je m'aperçois que je les destine à Charlotte car, je le mesure aujourd'hui, il est plus facile d'écrire que de se confier de vive voix.

Elle m'a téléphoné hier pour me dire qu'elle ne viendrait pas avant la fin du mois de mars, mais elle m'a assuré qu'elle n'avait pas oublié sa promesse de m'aider à planter. Elle m'a demandé où en étaient les chantiers et j'ai été heureux de savoir qu'elle les situait maintenant parfaitement sur son ordinateur. Elle ne m'a pas donné de nouvelles de sa santé, mais j'ai compris à sa voix que tout allait bien. Manifestement, elle n'est plus angoissée à ce sujet, et donc moi non plus. J'attends seulement confirmation d'une guérison dont je ne doute pas qu'elle doit beaucoup à Servières. C'est du moins ce que je me dis, sans oublier que je n'ai pas le droit de l'attirer ici. Si cela doit arriver un jour, il faut qu'elle l'ait mûri, décidé, de manière à ne jamais le regretter. Je ne dirais pas que je ne le souhaite pas, mais la vie ici n'autorise pas la moindre faiblesse ni la moindre faille. Je ne m'inquiète pas : elle le sait.

D'ordinaire, le mois de février ne s'annonce pas sans neige, mais on dirait que cette année il n'en sera pas de même. Le temps est demeuré doux, sauf à l'aube, et la neige fond la journée, tout en me faisant redouter un printemps plus froid par représailles. Il ne faut pas attendre de faveurs de ce genre sur ces hautes terres. La lune rousse est ici aussi dangereuse que les saints de glace, mais les arbres le savent et agissent en conséquence. Il ne faudra pas planter trop tôt. Chaque année l'impatience me fait commettre des imprudences, mais je serai vigilant. Heureusement que les résineux risquent moins que les feuillus et leurs bourgeons. J'ai déjà retenu à la pépinière des plants de mélèzes et de douglas. Il me tarde d'être à la mi-mars pour soussoler, préparer le terrain, revoir enfin le soleil que la brume des matins ne laisse qu'entrevoir. Il me semble que je n'ai jamais eu aussi froid, et je me demande si ce n'est pas une des faiblesses de l'âge.

Ce matin, Solange, venue avec sa fidélité habituelle préparer mon repas, m'a regardé d'un drôle d'air, comme si quelque chose en moi avait changé.

— Qu'est-ce qu'il y a ? ai-je demandé.

Elle a haussé les épaules mais n'a pas répondu. Je suis allé dans la salle de bains pour me regarder dans la glace. Je ne me suis pas rasé depuis une semaine : c'est à peine si je me suis reconnu. Peut-être y a-t-il là la manifestation d'une vérité plus profonde : celui que j'étais a-t-il disparu ? Voilà bien le genre de questions qui m'insupporte. Il est important que les beaux jours reviennent vite et me retiennent au-dehors pour m'éviter de trop penser. Je sais très bien que l'excès de conscience est une dangereuse maladie. C'est le travail qui sauve de tout. Mon père, Aristide, me l'a assez répété, et je ne l'oublie pas.

32

Le 26 février au matin, j'ai ressenti une grande fatigue au moment de me lever, et j'y ai renoncé pendant une heure, non sans m'en vouloir, car je sais où peut mener ce genre de concessions. J'ai déjeuné, fait un brin de toilette et je me suis dirigé vers mon bureau avec une étrange sensation de malaise qui s'est accentuée rapidement : le monde a vacillé autour de moi et le plancher est venu à ma rencontre sans me laisser le temps de projeter mes bras en avant pour me protéger. Le choc a été rude, mais je n'ai pas eu la possibilité de me demander ce qui arrivait, car j'ai perdu connaissance pendant un laps de temps dont je n'ai pas pu évaluer la durée : trois, cinq ou dix minutes ? Impossible de le savoir, car je n'ai pas eu le loisir de consulter ma montre avant de tomber.

Je me suis réveillé avec un énorme mal de tête et je n'ai réussi qu'à me traîner jusqu'à mon lit, non sans m'interroger. Que s'était-il passé ? À quoi était dû ce malaise qui m'avait privé de conscience en me donnant la sensation bizarre que quelque chose s'était brusquement déréglé dans mon corps, la conviction précoce que je venais d'entrer dans un pays étranger, plein de menaces? Je savais que Solange n'arriverait pas avant onze heures et j'ai pris le temps de récupérer, m'asseyant au bord du lit avant de me lever. Et de nouveau le vertige m'a saisi, m'obligeant à m'allonger en retrouvant avec étonnement une sensation enfuie depuis très longtemps, celle de mes maladies d'enfant, quand les coups de froid ou les grippes m'obligeaient à rester couché sous l'édredon, la poitrine brûlante des cataplasmes à la moutarde, les jambes coupées, la fièvre au front.

Pas si désagréable au demeurant, car ces matinées-là constituaient un refuge contre toutes les peurs, tous les chagrins, et ma mère ne cessait de venir à mon chevet, tâtant mon front, me disant qu'elle avait fait prévenir le médecin, que tout irait mieux demain. Jamais, au cours de ma vie, je ne me suis senti autant en sécurité qu'à l'occasion de ces jours bénis, que l'arrivée de mon père, le soir, achevait d'éclairer d'une lumière à nulle autre pareille. Je savais que le froid resterait au-dehors, mais aussi toutes les peurs que Justine dispersait autour d'elle, toutes les ombres qui se levaient parfois dans son sillage au parfum de violette.

L'ombre qui s'était levée ce matin de février était d'une autre nature, bien plus menaçante qu'à cette époque-là, je ne pouvais en douter. Elle était immense, épaisse, et m'avait enseveli sans que je puisse m'en défendre. J'ai quand même trouvé la force d'aller jusqu'à la cuisine en m'obligeant à croire à un problème passager, et j'ai bu coup sur coup deux tasses de café dans lesquelles j'ai versé un fond d'eau-de-vie. J'ai pris le temps de les boire lentement, puis je me suis levé et j'ai constaté que l'ombre menaçante demeurait couchée loin de moi. Vite, je suis sorti et j'ai marché vers le Land Rover en me sentant mieux grâce au froid du matin. Ensuite, j'ai roulé vers le chantier où j'ai retrouvé les hommes comme si de rien n'était, et j'ai été rassuré de voir qu'ils ne lisaient rien de suspect sur mon visage.

Je suis cependant resté vigilant toute la matinée, et je suis rentré tard pour déjeuner en espérant que Solange aurait regagné sa maison après avoir préparé mon repas. C'était le cas. J'ai déjeuné lentement, en prenant bien mon temps, puis je me suis allongé une heure et je suis reparti dans l'après-midi lumineux que le vent du Nord débarrassait enfin des nuages bas accumulés depuis plusieurs jours. Ce froid m'a fait du bien, du moins je l'ai cru. C'est pourtant vers sept heures, alors que j'étais rentré depuis peu et que je m'apprêtais à dîner que la grande ombre noire s'est levée de nouveau, et de nouveau m'a enseveli. Cette fois, le doute n'était plus permis : il y avait là, dissimulée au fond de moi, une menace dont je devais tenir compte, d'autant qu'elle était maintenant accompagnée de vertiges qui me donnaient l'impression que le monde tanguait autour de moi. Je n'ai pas mangé et je me suis couché en m'interrogeant sur ce qu'il convenait de faire : le cacher à Solange qui ne manquerait pas de prévenir Charlotte, certes, mais surtout me soigner de manière à pouvoir l'accueillir dans un mois.

Le lendemain, ce n'est pas sans appréhension que je suis parti à Aiglemons consulter le médecin qui, ne pouvant se prononcer clairement, m'a prescrit des analyses auxquelles je me suis soumis d'autant plus facilement que les vertiges n'ont pas cessé. Je suis parvenu à les dissimuler à Solange en l'évitant, tout simplement, mais je n'ai pas pu me soustraire au verdict qui est tombé deux jours plus tard, de la bouche d'un homme habitué à appeler un chat un chat et qui savait n'avoir pas besoin de me ménager :

— Vous avez frôlé l'AVC. Il est même possible que vous en ayez fait un léger le premier jour.

— Un AVC ?

— Oui. Un accident vasculaire cérébral. Vous avez trop de tension et probablement les artères bouchées.

— Ce qui signifie ?

— Que vous allez devoir suivre un traitement pour éviter de disparaître de cette terre plus rapidement que vous ne le pensez.

— Qu'est-ce que ça veut dire, plus rapidement ?

— Ça dépendra beaucoup de vous.

— C'est tout ?

— Non.

— Je vous écoute.

— Si vous ne suivez pas mes prescriptions scrupuleusement, je puis vous garantir que vous n'y échapperez pas.

Il a ajouté, d'une voix sans concession :

— En outre, il va falloir songer à vous reposer, à moins travailler.

Voilà qui était clair. Je suis passé à la pharmacie et, une fois à Servières, j'ai cherché un endroit où cacher les médicaments que j'ai pris immédiatement. Je me suis alors senti mieux très rapidement. C'est ainsi que je me suis rassuré, ne parvenant pas à imaginer que je ne puisse plus me rendre dans la forêt, parmi les arbres, chaque fois que je le souhaiterais. C'était là une perspective inenvisageable que je n'accepterais jamais. On n'en était pas à ce stade, heureusement, mais je devais garder cette idée dans un coin de ma tête, de manière à ne pas oublier, au moins, qu'à plus de soixante-dix ans je ne pouvais plus vivre comme à quarante.

Tous ces médicaments ont eu un drôle d'effet sur moi : je me suis mis à beaucoup rêver, et notamment de Justine. Je l'ai revue chaque nuit, ou presque, souriante, pas du tout menacée, avec des yeux d'une clarté bizarre qui, au fur et à mesure qu'elle se rapprochait de moi, devenaient lumineux, puis transparents, au point que je pouvais me glisser à travers eux, me réfugier en elle, comme pour me protéger de la maladie qui venait de se manifester. C'était la première fois que, rêvant d'elle, je ne sentais pas la présence d'un danger, au contraire.

Ces nuits étranges m'ont également fait souvenir de petites choses ou d'instants oubliés, comme s'ils émergeaient des confins de la mémoire où ils demeuraient enfouis depuis très longtemps. Par exemple, une agate bleue et jaune que j'avais perdue dans la cour de l'école à huit ans, une casquette grise qui ne m'avait pas quitté un hiver et qui avait disparu ensuite, sans que je sache où elle était passée ; un canif blanc à croix suisse qui m'avait accompagné pendant de nombreuses années et qui avait disparu lui aussi à l'époque où je m'étais mis à travailler avec mon père. Un sourire de Louise dans la lumière d'un matin de mai. L'image de Jeanne à sept ans qui courait devant moi dans le parc. La sensation précise et délicieuse de la main de ma mère sur mon front brûlant. Un regard de mon père assis à table un soir d'hiver. Rien que de très petites choses, des moments insignifiants et qui ne m'avaient pas marqué précisément, mais qui ressurgissaient avec une netteté stupéfiante après tant d'années. Que signifiait cette mémoire ? Que le plus précieux ne s'efface jamais ? Qu'il est inscrit au plus profond de nous pour toujours ? J'avais cru que vivre, c'est perdre au fil des jours, et je découvrais, comme me l'avait révélé Louise, que rien ne se perd de l'essentiel, des sensations les plus profondes, les plus précieuses, que nous portons en nous.

Je n'ai pu me cacher que, si cette mémoire se manifestait de la sorte, c'était sans doute parce que l'heure du grand départ approchait. C'était une évidence. Mais je n'ai pas cherché à m'en défendre. Au contraire, est née en moi une sorte d'acceptation, d'acquiescement à un ordre établi depuis toujours, et qui, de surcroît, me permettait d'accéder à des trésors que j'avais crus perdus, égarés définitivement.

J'étais dans ces dispositions d'esprit quand Charlotte a téléphoné un samedi soir, début mars, me posant aussitôt une question étonnante :

— Est-ce que tu vas bien, Bastien ?

— Je vais très bien, et toi ? ai-je répondu.

Était-il possible qu'elle ait senti à cinq cents kilomètres de distance ce qui se passait ? Évidemment pas, mais je me suis interrogé pour savoir si Solange n'avait pas fouillé dans mes tiroirs en mon absence. Ensuite, Charlotte m'a demandé si je commençais à préparer les plantations, et je lui ai répondu que j'allais m'y mettre dès le lundi suivant.

— J'ai hâte de venir, Bastien.

Puis nous avons parlé de choses et d'autres jusqu'à ce que, juste avant de raccrocher, elle repose de nouveau la question :

— Tout va bien ? Tu en es sûr ?

— Tout va très bien.

— Tant mieux ! Alors à bientôt.

Cette conversation m'a obsédé pendant des heures, me faisant de nouveau m'interroger sur une éventuelle trahison de Solange, mais je me suis refusé à l'en croire capable. Ce soupçon, pourtant, m'a poursuivi jusqu'au lundi suivant, quand je me suis attelé à la replantation. Il était bien temps, car la préparation du sol nécessite un gros travail à la pelle mécanique, afin de dessoucher sans trop décaper. Ensuite, il faut soussoler, c'est-à-dire ameublir avec une dent métallique, et tracer le sillon dans lequel sera introduit le plant de trois ans.

J'ai pu sortir chaque jour du mois de mars, rassuré sur mon état de santé, prenant part au travail comme si de rien n'était, et me souvenant du temps où l'on ne possédait pas de pelle mécanique et où la préparation du sol se faisait à la pioche en terrain normal, et à la tranche – une sorte de houe très coupante – dans la bruyère. Labeur éreintant, dans lequel mon père se lançait dès que les premières apparitions du soleil faisaient fondre la neige. Cette lourde et longue pioche me semblait peser vingt kilos à l'époque où je l'ai saisie pour la première fois, et c'est à cause d'elle que je redoutais le printemps, ces interminables journées que balayait encore le vent du Nord, les retours à la nuit les reins brisés, sans que jamais mon père ne s'inquiète de moi, sinon pour s'assurer que je serai bien en état de me lever le lendemain matin.

Les jours qui passaient me rapprochaient de Charlotte, le temps demeurait plutôt doux pour la saison, et je me réjouissais de la voir arriver le samedi 30 mars, quand elle a téléphoné pour m'annoncer qu'elle devait remettre sa venue au samedi 6 avril. J'en ai profité pour aller chercher les plants à la pépinière et les entreposer à l'abri du vent, dans l'angle le plus humide de l'atelier. Le jeudi, Étienne m'a demandé d'un air détaché si ma petite-fille allait venir comme prévu, et il m'a semblé qu'il en savait plus qu'il ne le disait. Je me suis même demandé si elle ne lui avait pas téléphoné, et je me suis mis à l'épier, à le considérer soudain différemment. Mais non, il paraissait imperturbable, égal à lui-même dans ses silences comme dans le travail, et je n'ai plus pensé qu'au samedi que j'ai attendu avec la plus grande impatience.

33

Charlotte est arrivée un peu avant le repas de midi, toujours coiffée de sa casquette mais souriante, détendue, une lumière neuve dans les yeux. Nous avons déjeuné en compagnie de Solange qui, comme d'habitude, s'est désolée de mon caractère de plus en plus insupportable, puis nous avons repris notre conversation dans le salon comme si nous nous étions quittés la veille. Je n'osais pas l'interroger sur sa santé, mais Charlotte a compris que j'attendais des nouvelles, et elle m'a dit, d'une voix qui m'a réchauffé le cœur :

— Tu sais, Bastien, je suis guérie.

Et, avant que j'aie eu le temps de me réjouir, elle a soulevé sa casquette sous laquelle j'ai aperçu des cheveux fins, peu épais, mais d'un bel éclat chaud.

— Tu vois ? Il fallait me croire, ai-je dit.

— Mais je t'ai cru, Bastien.

Elle s'est levée pour m'embrasser puis elle est revenue s'asseoir face à moi, très émue, les yeux brillants, et elle a ajouté :

— Il n'y a plus trace du mal ni dans ma jambe, ni dans mon sang. C'est pour cette raison que j'ai repoussé mon arrivée d'une semaine : je voulais en être sûre avant de venir te voir.

— Tu as bien fait. Nous allons pouvoir replanter sans souci de ce côté-là.

— Il me tarde d'être à lundi. Je ne sais pas comment te dire… J'ai l'impression qu'il s'agit d'une vie nouvelle pour moi aussi.

Puis elle m'a demandé comment cela allait se passer, ce qu'elle devrait faire, et elle a souhaité voir les plants à l'atelier – « n'ayant aucune idée de ce à quoi ils ressemblent », a-t-elle ajouté. Nous sommes partis vers le milieu de l'après-midi, alors qu'il ne faisait pas plus de dix degrés au-dehors et que la pluie menaçait. Charlotte s'en est inquiétée et m'a demandé :

— Nous commencerons lundi quel que soit le temps ?

— Quel que soit le temps. Mais il ne neigera pas. Le temps a cassé et il restera comme il est pour au moins une semaine.

Une fois dans l'atelier, elle s'est étonnée de découvrir des plants si petits – vingt centimètres, guère plus – et s'est inquiétée de leur sort s'ils gelaient.

— Ne t'en fais pas : ce sont des mélèzes hybrides d'Espagne et d'Europe, et ils sont adaptés aux basses températures.

— Des mélèzes ? Pourquoi pas des douglas ?

— Parce qu'on a réfléchi depuis la tempête. On pense qu'ils résisteront mieux au vent, sans perdre quoi que ce soit en vitesse de croissance, ni en qualité de bois à la coupe : le mélèze est homogène et imputrescible, comme celui des douglas.

— Ils poussent aussi vite ?

— À peu près.

Une fois de retour à la maison, elle a souhaité d'autres explications sur ce qu'elle aurait à faire et je les lui ai données volontiers :

— Tu planteras à l'endroit que je t'indiquerai, et je recouvrirai les radicelles moi-même.

— Nous n'utiliserons pas de machine ?

— Non. Le sillon est fait, la pioche suffit.

— Mais ça doit être terriblement long !

— On peut mettre en terre deux cents plants par jour environ.

— Ça n'irait pas plus vite avec une machine ?

Je lui ai alors expliqué qu'il existait effectivement des machines avec un tube à bec, mais qu'elles n'étaient pas très au point et qu'elles présentaient un inconvénient majeur : elles ne pouvaient planter que des plants en godets, et non pas à racines nues. Or les plants en godets coûtent presque trois fois plus cher à l'achat. En outre, le travail le plus pénible avait déjà été effectué avec la pelle mécanique, le sol dégagé, le sillon tracé. C'était un jeu d'enfant que d'introduire le plant dans un sol ameubli, de recouvrir et de tasser légèrement.

— J'espère que je serai à la hauteur, a-t-elle soupiré, en me faisant mesurer à quel point était importante pour elle cette première replantation.

J'en ai été surpris autant que de son impatience, et j'ai alors repensé à l'un de ses premiers séjours, au cours duquel elle m'avait demandé pour qui je plantais. Je le lui ai rappelé au cours de la journée du dimanche, en lui posant la même question, mais elle ne m'a pas répondu. J'ai volé à son secours en disant :

— Nous planterons pour le fils que tu auras un jour.

Ses yeux se sont remplis de larmes mais elle n'a pas protesté. Elle m'a répondu simplement, d'une voix que j'ai à peine entendue :

— Si tu pouvais dire vrai, Bastien !

Le dimanche soir, elle a tenu à se coucher de bonne heure et, le lendemain matin, je n'ai pas eu besoin de la réveiller. Quand nous sommes partis, il pleuvait un peu, mais la pluie a cessé rapidement, et nous n'avons pas eu besoin d'enfiler les cirés que j'avais emportés. Étienne nous attendait sur la parcelle qui avait été préparée la semaine précédente, une parcelle en pente douce, abritée du vent d'ouest. Il avait apporté les plants dont les cagettes avaient été réparties tous les dix mètres, de manière à ce qu'elles soient facilement à portée de main. J'ai senti que Charlotte était gênée par sa présence, et il a dû le sentir aussi, parce qu'il est parti rapidement, annonçant à haute voix que les équipes l'attendaient dans le bois de Chènevrière.

J'ai compris qu'il fallait commencer rapidement pour ne pas ajouter davantage d'émotion à ce moment si important pour elle. J'ai écarté la terre sur vingt centimètres avec la pioche et je lui ai dit :

— Vas-y !

Elle s'est accroupie, a inséré les racines qu'elle a recouvertes de terre et je lui ai montré comment tasser légèrement, d'abord avec les doigts, puis avec le pied. Elle s'est redressée, s'est tournée vers moi et m'a demandé :

— Comme ça ?

— Très bien.

Et nous avons continué, sans hâte, soigneusement, le long du sillon tracé par la dent métallique, pendant un long quart d'heure au terme duquel, enfin, nous nous sommes arrêtés pour regarder derrière nous le travail accompli.

— Ils semblent tellement fragiles ! a remarqué Charlotte.

— Ne t'inquiète pas : la force des arbres se trouve dans leurs racines, non dans ce qu'ils laissent apparaître à l'air libre.

Elle ne paraissait pas convaincue, mais elle a continué avec un plaisir évident, qui m'étonnait autant qu'il me réjouissait.

À midi, quand nous sommes rentrés pour déjeuner, elle m'a semblé éreintée à force de se baisser et de se relever, des mouvements auxquels elle n'était pas habituée. Je lui ai proposé de se reposer durant l'après-midi, de ne reprendre que le lendemain matin, mais elle a refusé. Le soir, dès que nous avons eu dîné, elle était tellement fatiguée qu'elle a souhaité se coucher, et je suis resté seul dans mon bureau, regrettant de ne pouvoir poursuivre ces conversations qui me faisaient tant de bien. Depuis son arrivée, j'avais pris soin de ne prendre mes médicaments que lorsqu'elle était dans sa chambre, même si les horaires ne correspondaient pas avec ceux qui étaient recommandés par le médecin.

Ce n'est qu'au bout de trois jours qu'elle s'est habituée au rythme du travail et que nous avons pu veiller comme nous le faisions avant. Sans doute parce que je devinais qu'elle mesurait à quel point le travail de la forêt était difficile, je lui ai dit ce soir-là qu'elle ne devait pas se sentir obligée de s'occuper un jour de Servières, même de loin. Elle a paru vexée, m'a répondu :

— Enfin, Bastien, comment peux-tu croire que je puisse faire autrement ?

— Tu pourrais vendre. Les acheteurs ne manquent pas : la forêt est devenue un placement intéressant du point de vue fiscal.

Furieuse, elle s'est levée, a disparu dans sa chambre, et je suis resté mécontent de moi-même, me traitant de tous les noms, me demandant pourquoi je prononçais des mots si contraires à ce que j'espérais. C'est sans doute parce que je la devinais fragile, adaptée à un autre monde que celui des forêts, et que je ne voulais surtout pas lui imposer quoi que ce soit. Je ne me sentais pas le droit de la détourner d'une vie qu'elle avait choisie, comme Jeanne, au sein d'une existence si différente de celle que l'on menait ici.

Le lendemain matin, elle m'a dit, alors que nous déjeunions face à face avant de partir au travail :

— Bastien, s'il te plaît : cesse de penser que tu ne comptes pas pour moi, ou que ce monde dans lequel tu vis ne me concerne pas. C'est vous qui m'avez guérie.

— Tu le penses vraiment ?

— J'en suis persuadée.

Dès lors, nous n'avons plus parlé que des arbres et des projets de reboisement, à partir du moment où les conséquences de la tempête auraient disparu.

— Dans combien de temps ?

— Un an ou deux, ai-je répondu.

— Travail et patience, en somme.

— Exactement.

À la fin de la semaine, elle m'a reparlé de Justine, pour me demander si je pensais encore à elle.

— Souvent.

— Et tu la vois comment ?

— Elle me sourit.

Je l'ai sentie très émue par ce que je venais de lui avouer et, pourtant, je ne lui avais pas dit toute la vérité, qui était que je rêvais de plus en plus de Justine, presque chaque nuit, en fait, comme si je me rapprochais de plus en plus d'elle.

Le dernier soir, Charlotte m'a dit en riant :

— Le plus important, maintenant, si j'ai bien compris, c'est de trouver un homme capable de me donner un fils et non pas une fille.

— Il vaudrait mieux en effet : tu as pu voir à quel point c'était un métier d'homme que celui de la forêt.

— J'ai le temps.

Et, comme prise d'un doute :

— N'est-ce pas, Bastien, que j'ai le temps ?

— Ne tarde pas trop, quand même, ai-je dit.

— Pourquoi ? Tu es malade ?

Décidément, j'avais souvent vérifié à quel point l'intuition féminine était vive, mais à ce point !

— J'aurai soixante-douze ans cette année, ai-je dit.

— Et alors ?

— Compte toi-même ce qu'il reste.

Le lendemain elle est partie à neuf heures du matin en me remerciant pour cette semaine où « elle avait appris tant de choses ». Avant de monter dans sa voiture, elle m'a embrassé en me disant :

— Je reviendrai dans deux mois. Avant, si je peux. D'ici là, je compte bien créer un site au nom de ton entreprise sur Internet. Il nous aidera. Tu n'y vois pas d'inconvénient ?

— Fais comme tu veux.

Elle m'a fixé étrangement, puis :

— Prends soin de toi, Bastien. Il le faut.

Une fois de plus, tandis que la voiture disparaissait derrière les cèdres, je me suis demandé si Solange n'avait pas mis la main sur les médicaments que je dissimulais pourtant soigneusement, dans le tiroir de mon bureau fermé à clef.

34

Il y a eu, comme d'habitude, de nouveaux coups de griffe de l'hiver fin avril. Heureusement, nous avions fini de planter, et si la neige est tombée de nouveau, elle n'a pas tenu plus de trois jours. Les hêtres, comme chaque année, sont demeurés mauves jusqu'à début mai, puis des belles journées ensoleillées ont semé, sur les branches des feuillus, des fleurs qui ont dessiné des bouquets clairs au milieu du vert sombre des résineux. Ensuite, le temps s'est mis au beau, même si les aubes restaient froides, et des souffles tièdes, qui portaient des prémices d'été, sont passés furtivement dans les après-midi déjà très lumineux. Durant toute cette période, Charlotte m'a téléphoné tous les deux-trois jours pour prendre de mes nouvelles, comme si elle s'inquiétait encore de ma santé. Je l'ai chaque fois rassurée de mon mieux, bien qu'étant de plus en plus convaincu qu'elle connaissait la vérité.

Et puis le dimanche 15 mai, vers onze heures, alors que je me trouvais dans mon bureau, j'ai aperçu une belle limousine de couleur grise – une

Mercedes – qui se garait devant la terrasse. Intrigué, je suis sorti et me suis trouvé face à un homme et une femme d'une quarantaine d'années élégamment vêtus, qui se sont excusés de me déranger et m'ont demandé, avec un accent qui m'a paru être allemand, si j'étais bien Bastien Fromenteil. Comme je le leur confirmais, ils m'ont dit qu'ils souhaitaient me parler. Leur ton était si grave, si solennel que je les ai fait entrer dans le salon, sans toutefois songer à leur offrir quoi que ce soit, tant j'étais intrigué. La femme était grande, blonde, les yeux verts, vêtue d'un pantalon et d'un chemisier d'un bleu très clair. Dès qu'elle a prononcé les premiers mots – dans un français un peu hésitant mais parfaitement compréhensible –, j'ai deviné à sa façon de se tenir la tête légèrement penchée sur le côté, à son visage, à son regard, à ses lèvres, de quoi il s'agissait.

Complètement paralysé, le cœur battant à se rompre, je l'ai écoutée en sentant monter en moi une vague lourde et brûlante qui m'a oppressé. Elle s'appelait Magda Breitner, elle vivait à Cologne avec son mari ici présent, et elle était la fille de ma sœur Justine.

— Vous savez que ce que vous dites est très grave, ai-je murmuré en sentant ma tête tourner.

Et j'ai ajouté, d'une voix blanche :

— Je suppose que vous pouvez le prouver.

— Bien sûr, monsieur.

Elle m'a tendu un passeport où figurait le nom de son père : Karl Breitner et de sa mère :

Justine Fromenteil, née à Servières, commune d'Aiglemons, en France, le 26 avril 1928.

Elle a repris, alors que je lui rendais son passeport en voyant mes mains trembler devant moi.

— Si nous sommes venus aujourd'hui, c'est à la demande de votre petite-fille, Charlotte, qui nous a contactés par Internet.

Je n'ai rien pu répondre : j'étais à présent bien incapable de prononcer le moindre mot.

— Elle a beaucoup insisté, vous savez, pour que nous venions vous voir, et ce n'est pas facile pour nous, car votre sœur n'est plus de ce monde. Elle est décédée en 1969 lors d'un accident, renversée par une voiture dans la Severinstrasse à Cologne.

Et, comme je demeurais stupéfait, paralysé sur mon fauteuil :

— Il ne faut pas lui en vouloir, monsieur, m'a dit la visiteuse d'un air suppliant. En 1951, pour une Française née ici, où la guerre a laissé tant de traces, a provoqué tant d'horreurs, il n'était pas possible d'avouer qu'elle partait de son plein gré en Allemagne, et encore moins, l'année suivante, qu'elle se mariait avec un Allemand.

Et, comme je ne comprenais rien à ce qu'elle m'annonçait :

— Souvenez-vous : vous avez soigné un soldat allemand blessé ici, chez vous en 1944. Ma mère aussi l'a soigné. Eh bien, cet homme-là, c'était mon oncle : il s'appelait Klaus Breitner.

Elle s'est tue un instant, a soupiré avant de poursuivre :

— Avant de mourir, il lui a donné notre adresse en Allemagne, et elle lui a fait la promesse d'aller témoigner de ses derniers jours auprès de nos parents. Elle a tenu parole et elle a rencontré chez nous Karl, le frère de Klaus, qui avait deux ans de moins que lui et qui avait eu la vie sauve parce qu'il avait été fait prisonnier. Ils se sont mariés en mai 1952.

Ce que je venais d'entendre me semblait incroyable et en même temps parfaitement plausible.

— Mais pourquoi n'a-t-elle jamais donné signe de vie ? ai-je demandé, pas tout à fait persuadé de la véracité d'une telle nouvelle.

— C'est facile à comprendre, monsieur : Oradour. Les pendus de Tulle. Le massacre des innocents par la Das Reich… Votre mère elle-même a eu un frère assassiné par les nazis, n'est-ce pas ? Vous vous souvenez ? Qui aurait pardonné ? Qui aurait accepté ?

— Moi, ai-je dit.

— Vous, peut-être, mais pas vos parents. Elle n'a pas osé. Ou plutôt, elle n'a pas voulu vous faire de mal.

À ces mots, je me suis insurgé :

— Elle nous en a fait bien plus en disparaissant sans laisser de traces : ma mère en est morte, mon père en est mort, et moi j'en ai souffert toute ma vie.

— Oui, je comprends. Mais vous savez, elle avait l'intention de venir vous voir. Peu avant sa mort, elle avait préparé son voyage. Le destin ne lui en a pas laissé le temps.

— C'était bien tard.

— Nos deux pays étaient réconciliés. Elle avait enfin pu prendre la décision de venir s'expliquer.

Ce n'étaient pas des arguments capables de me convaincre. Mais je n'avais plus de forces et j'ai seulement murmuré :

— J'aurais tellement voulu la revoir au moins une fois, rien qu'une fois…

— Elle avait l'impression d'avoir trahi son pays et sa famille. Après, plus tard, quand c'est devenu possible, elle s'est estimée coupable de ne pas vous avoir donné de ses nouvelles pendant tant d'années, et elle a attendu encore, le temps d'en trouver la force.

L'homme, vêtu d'un costume gris, d'une chemise rose ornée d'une énorme cravate, est alors intervenu pour la première fois :

— C'était difficile aussi pour elle, savez-vous ? Pourtant, elle vous a écrit une lettre qu'elle voulait vous envoyer juste avant sa venue, mais elle n'en a pas eu le temps non plus. La voici.

Je n'ai plus rien dit. Je regardais la lettre entre mes doigts, mais je ne me décidais pas à l'ouvrir devant cet homme et cette femme à qui je ne pouvais pas me défendre d'en vouloir, puisque eux aussi avaient été les gardiens d'un secret trop lourd. Sans doute l'ont-ils senti puisqu'ils se sont levés et ont proposé de s'en aller. Je n'ai pas eu envie de les retenir et je les ai raccompagnés jusqu'à leur voiture près de laquelle, enfin, j'ai trouvé la force de les remercier.

— Il faut pardonner, monsieur, s'il vous plaît, a répété la femme avant de monter dans la voiture.

J'ai hoché la tête, mais je n'ai pas répondu. Il était trop tôt pour décider de quoi que ce soit. Quand la voiture s'est éloignée, je suis rentré de nouveau et j'ai ouvert l'enveloppe pour prendre la lettre dans laquelle Justine me confirmait tout ce que m'avait dit sa fille et ajoutait : « J'ai toujours gardé un lien avec toi, Bastien. Tu sais, cet homme qui se disait alsacien et qui venait travailler aux beaux jours. Ce n'était pas un Alsacien, mais un Allemand. C'est moi qui te l'envoyais. Je le payais pour qu'il me raconte tout ce qui se passait à Servières, et c'était comme si j'étais un peu près de toi. »

Elle finissait ainsi : « Rappelle-toi, Bastien, combien j'avais peur du Cavalier noir. Eh bien, ce n'est pas lui qui a gagné les combats auxquels nous assistions toi et moi, mais Renaud, grâce à son cheval Bayard, et il m'a emmenée jusqu'à Cologne, près de la cathédrale qu'il a aidé à construire. Tu vois, les sortilèges de la forêt sont bien plus puissants qu'on ne pourra jamais l'imaginer. Ils m'ont fait le plus beau cadeau de ma vie, et je ne les en remercierai jamais assez. Ne regrette rien, Bastien, ne sois pas malheureux, puisque j'ai été heureuse et je sais au fond de mon cœur que c'est ce que tu voulais. »

Il m'a fallu bien des jours pour me remettre de cette visite, de longs jours au cours desquels je n'ai pu en parler à Charlotte, et je ne sais pas très bien pourquoi. Je me suis promis de le faire dès qu'elle reviendrait à Servières, et il me tarde aujourd'hui de partager ce secret enfin dévoilé avec elle, de lui donner à lire la lettre de Justine, lui montrer à quel point la forêt recèle de forces et de prodiges. Elle s'est beaucoup moquée de moi quand je lui ai parlé, lors de ses premières visites, des légendes dans lesquelles nous vivions, et particulièrement Justine, qui en était tellement bouleversée. Mais je n'aurais jamais soupçonné qu'elles pussent façonner nos vies à ce point. S'il y a une chose qui parvient à m'apaiser lorsque j'y pense, c'est la certitude que Justine a été heureuse, alors que nous l'avons tous imaginée en souffrance, assassinée, peut-être, ou retenue quelque part contre son gré. Je sais que c'est de cela, surtout, que nos parents ont souffert. Comment aurions-nous pu imaginer une vie heureuse, pour elle, loin de nous ?

Je m'efforce de penser que Clarisse et Aristide, là où ils sont aujourd'hui, connaissent la vérité, et en sont apaisés comme moi. Pour toujours.

35

Nous sommes en juin. Il y a plus d'un mois que j'ai reçu la visite de la fille de Justine, et plus d'un an que j'ai lu la lettre de Charlotte dans laquelle elle m'a demandé du secours. Le temps s'est mis au beau pour de bon, semble-t-il, et les feuillus sont d'un vert éclatant, malgré les premières chaleurs qui, ici, ne culmineront qu'à la mi-juillet. Les machines tournent toute la journée dans les chablis, conduites par des hommes jeunes qui, contrairement à moi, paraissent ne pas connaître la fatigue et me laissent sur un quai désert, d'où, bientôt, ils ne m'entendront plus. Il faut bien que je me rende à l'évidence : le monde a commencé de tourner sans moi, et il n'est plus temps de le regretter, seulement celui de s'en accommoder. Les grumes continuent de s'entasser au bord des routes, mais je sais que nous allons arriver au terme de ce travail éreintant qui nous occupe depuis le mois de janvier de l'année 2000. Je ne revivrai jamais une telle tempête, et heureusement, car je n'aurais pas la force de me battre contre des conséquences aussi désastreuses pour ceux qui, comme moi, aiment tant les arbres.

Car je n'ai plus de doute : il y a trois jours, un matin, alors que je marchais vers le Land Rover, la grande ombre que je redoute tant s'est levée de nouveau et m'a enseveli alors que, pourtant, je prends sérieusement les médicaments que j'ai eu tant de mal à cacher à Charlotte et à Solange. Dès l'après-midi, je me suis rendu chez mon notaire à Aiglemons pour mettre au point un testament qui, *a priori*, ne pose pas le moindre problème. Persuadé que ma fille Jeanne ne s'y opposera pas, j'ai légué tout ce que je possède à ma petite-fille, sans même préciser que je la charge d'exploiter la forêt après ma mort. Je sais que ce n'est pas nécessaire, qu'elle le fera d'elle-même. Elle ne vendra pas la moindre parcelle, j'en suis sûr. Si elle ne revient pas, ce que je crois probable, elle s'en occupera depuis Paris avec les moyens dont nous disposons aujourd'hui, d'autant qu'il y a ici un homme de confiance, sur qui elle peut compter.

Je lui expliquerai tout cela quand elle va revenir, dans huit jours, mais je lui cacherai l'état dans lequel je me trouve, et mon refus absolu de ne plus pouvoir marcher un jour, de devenir dépendant, même si c'est de Solange, dont le dévoue-ment ne se dément pas et, il faut bien le dire, me touche. Elle a dû deviner qu'il se passe quelque chose d'anormal, car elle m'épie de plus en plus, et la peur qu'elle en conçoit m'émeut plus que je ne me l'avoue. Je ne sais pourquoi cette femme s'est attachée à ce point à moi, qui ne l'ai jamais traitée avec les égards qu'elle mérite. Qu'a-t-elle deviné ? Qu'a-t-elle cherché auprès de moi ? Une force ou une faiblesse ? Un espoir ou un renoncement ? Une ombre ou une lumière ? J'aurais peut-être dû lui expliquer pourquoi j'ai refusé de vivre avec elle, de l'accueillir chez moi définitivement, comme elle l'a longtemps espéré. Mais ce n'est plus le moment de se poser ce genre de questions, car le temps presse.

Je profite des jours jusqu'à la tombée de la nuit dont je guette l'arrivée sous le grand chêne, assis sur le banc où je ressens intensément la présence de Louise, dans l'odeur forte de la résine et des feuilles que l'humidité propre au plateau, dès que le soleil se couche, répand sur la forêt dont les arbres murmurent d'aise. Je reste là jusqu'à plus de minuit, attentif à leurs soupirs issus de leurs rêves impossibles. Atteindront-ils jamais le ciel, ces fûts magnifiques qui s'élancent tout droit vers la lumière et dont les feuilles frissonnent dans le vent ?

De grands oiseaux de nuit passent dans un étrange silence, comme pour me demander de quitter des lieux auxquels je n'ai plus le droit d'avoir accès. Je pose ma main sur le banc, à ma droite, en espérant saisir une main qui n'est plus là. Mais grâce à Louise, j'ai compris que le plus précieux ne se trouve pas dans la réalité du monde, mais en moi. Les rayons de miel qui éclairent mes souvenirs sont de ceux qui ne s'éteignent jamais. Ils se rallument au moment où je m'y attends le moins et réveillent délicieusement des sensations intactes, d'une pureté inouïe, sur lesquelles le temps n'a pas eu la moindre prise. S'il existe une éternité, c'est dans ces confins qu'elle se tient cachée, du moins je l'espère.

Je me souviens des mots exacts de Louise avant sa mort : « Il faut que des hommes et des femmes meurent pour que d'autres puissent naître. » Cette pensée est devenue en moi une acceptation ou, mieux encore : un consentement. Je veux bien mourir pour que Charlotte puisse vivre, si c'est de cela qu'il s'agit. C'est d'ailleurs une pensée qui m'est familière depuis son premier séjour et avec laquelle, aujourd'hui, j'ai pactisé définitivement.

C'est pourquoi je sais comment tout ça va finir : l'hiver prochain, quand il neigera, je partirai vers le bois des Essarts et je m'enfoncerai dans la forêt en veillant bien à ce que mes pas s'effacent derrière moi. J'irai le plus loin possible, au bout de la piste où, un jour, Justine m'a parlé de Renaud, le fils du roi Aymon, sous ces hêtres magnifiques qui ont résisté à toutes les tempêtes, et je me coucherai là, sur le tapis blanc. C'est aussi dans ce bois que mon père a parlé aux arbres, devant moi, pour la première fois, alors que j'avais cinq ans, et j'y ai souvent emmené Louise pour lui raconter ma peur, mon émotion en entendant cette voix que je découvrais si différente de celle dont il usait d'ordinaire. S'il y a un endroit au monde où un peu de leur présence a pu demeurer, je suis sûr que c'est à cet endroit-là.

Je reverrai enfin Justine au milieu de tant de blanc étendu sous tant de lumière, je lui prendrai la main et nous écouterons notre père nous expliquer pourquoi les arbres, dans l'immensité de leur cœur, rêvent d'atteindre le ciel : c'est pour mieux nous hisser vers lui, nous, les hommes, si petits, si perdus, si étrangers aux secrets merveilleux de nos vies.

Je tiens à exprimer ici :

Mon amitié fidèle à Pierre Bergounioux et à sa femme Catherine, qui m'ont si bien parlé des arbres.

Mes remerciements à M. Charles Profit, expert forestier à Condat-sur-Ganaveix.

Toute ma reconnaissance à Pierre Estrade, le rude forestier de Péret-Bel-Air, qui m'a livré bon nombre de ses secrets, et dont j'ai autant aimé la parole que les silences.

Christian Signol

LES MESSIEURS DE GRANDVAL :

1. Les Messieurs de Grandval (Grand Prix de littérature populaire de la Société des gens de lettres), 2005.

2. Les Dames de la Ferrière, 2006.

UN MATIN SUR LA TERRE (Prix Claude-Farrère des écrivains combattants), 2007.

C'ÉTAIT NOS FAMILLES :

1. Ils rêvaient des dimanches, 2008.

2. Pourquoi le ciel est bleu, 2009.

UNE SI BELLE ÉCOLE, 2010.

LES ENFANTS DES JUSTES, 2012.

TOUT L'AMOUR DE NOS PÈRES, 2013.

Aux Éditions Robert Laffont

LES CAILLOUX BLEUS, 1984.

LES MENTHES SAUVAGES (Prix Eugène-Le-Roy), 1985.

LES CHEMINS D'ÉTOILES, 1987.

LES AMANDIERS FLEURISSAIENT ROUGE, 1988.

LA RIVIÈRE ESPÉRANCE :

1. La Rivière Espérance (Prix La Vie-Terre de France), 1990.

2. Le Royaume du fleuve (Prix littéraire du Rotary International), 1991.

3. L'Âme de la vallée, 1993.

L'ENFANT DES TERRES BLONDES, 1994.

Aux Éditions Seghers

ANTONIN, PAYSAN DU CAUSSE, 1986.